Kéthévane
Davrichewy

Am Schwarzen Meer

Roman

Aus dem Französischen von
Claudia Kalscheuer

S. Fischer

MIX
Papier aus verantwortungsvollen Quellen
FSC® C083411
FSC
www.fsc.org

Die Originalausgabe erschien
2010 unter dem Titel ›La mer noire‹
bei Sabine Wespieser Editeur Paris

Satz: Pinkuin Satz und Datentechnik, Berlin
Druck und Bindung: CPI – Clausen & Bosse, Leck
Printed in Germany
ISBN 978-3-10-014510-9

Für Louka, Thémo und Dali und für Guéla,
die keine georgischen Nachnamen tragen,
aber Vornamen

Der Tag bricht an. Sie spürt es unter ihren geschlossenen Lidern. Der Lärm der Straße erreicht sie von weit her. Etwas näher bellt ein Hund. Ein Vogel zwitschert. Ein Kind weint, oder lacht. Alles ist verschwommen. Blumenduft, die Ausdünstungen des Gartens. Man müsste den Hund rauslassen. Sie versucht, die Laken zurückzuschieben, sich aufzurichten, doch ihr Körper bleibt reglos. Ein undeutlicher Schatten flackert. Sie öffnet die Augen. Wach jetzt. Sie bewegt sich nicht. Noch nicht. Weder Garten. Noch Hund. Sie blickt sich im Zimmer um. Die vergilbten Wände, der alte Sessel am Fußende des Betts, die paar vom Vortag liegen gebliebenen Kleider. Die Kommode, beladen mit Büchern und angesammeltem Krimskrams. Sie erträgt ihn nicht mehr. Man müsste ihn wegschaffen, nur die Bücher behalten. Über der Kommode alte Plakate. Eine Matisse-Ausstellung, ein zum Meer hin geöffnetes Fenster, dann Paris-Tbilissi, ein Kunstdruck aus den dreißiger Jahren, die Schätze des Kaukasus. Sie müssen einmal etwas bedeutet haben, bevor sie zu diesen zerknitterten Bögen wurden, auf die ihr Blick jeden Morgen fällt, wenn sie die Augen aufschlägt. Der Nachttisch, der Wecker. Er zeigt sechs Uhr fünfundzwanzig. Das sperrige, allgegenwärtige Gerät neben dem Bett, ungewohnt still. Die Vorhänge, schwer und dunkel, damit kein Licht hindurchfällt. Aber das Licht dringt trotzdem herein, verstohlen, durch die Lücken oder durch den seidigen Stoff hindurch, und verbreitet einen beinahe roten Schein. Ihr Zimmer. Der Stoff der Vorhänge wogt einen Augenblick, oder zumindest scheint es ihr so. Das Vogelgezwitscher kommt näher. Dann der Schrei einer Möwe, beinahe menschlich. Seit einiger Zeit gibt es in Paris Möwen. Seltsame Invasion. Der Hund verstummt. Sie möchte aufstehen, die Hand ausstrecken, um die Vorhänge aufzuziehen. Wie ist das Wetter? Heute kommt Tamas. Endlich. Anfangen, daran zu denken. Um der Freude und des Schmerzes willen, daran zu denken. Heute Abend wird er da sein. Sie bewegt die Zehen leicht, zieht das Laken bis zum Kinn hoch, lässt den Kopf auf das Kissen zurückfallen. Sie schließt die Augen wieder, spürt, wie Pascha ihr auf die Brust springt. Der Kater legt sich dicht an ihr Ohr und beginnt zu schnurren. Alles wird wieder unscharf. Die Stille des Raums, wenn das Gerät nicht läuft. Sie nickt ein. In ihrem Schlummer erscheint ihr das Weizenfeld hinter dem Haus. Tamas ruft sie. Sie zuckt zusammen, antwortet aber nicht. Sie schläft.

Die Jahreszeiten in Tbilissi waren echte Jahreszeiten. Am Ende des Frühlings wurde die Stadt bunt, staubig, laut.

Wir lassen die Türen offen, die Hitze dringt zu uns herein. Meine Cousins und Cousinen wohnen im Haus nebenan, die Straße wird zu unserer Straße. Gedächtnissplitter.

Man lässt uns mehr Freiheit. Ich laufe zum Obsthändler, er schenkt mir Kirschen, wir verstecken uns, um sie zu essen, wir ziehen uns aus, um keine Flecken auf unsere Kleider zu machen und damit Bebia, unsere Großmutter, zu verärgern. Wenn wir alles aufgegessen haben, schicken wir den Kleinsten, Gugu, los, um noch mehr zu holen. Der Händler hat ihn gern, er gibt ihm eine ganze Tüte voll. Die Früchte unten in der Tüte sind zerdrückt, sie schmecken modrig wie unser Versteck unter der Treppe, neben der alten Mauer. Wir sind sechs, meine Cousins, meine Cousinen, meine Schwester und ich, wir drücken uns an die Mauer, die hinter unserem Rücken verwittert. Unsere Haut ist voll winziger, kribbelnder Steinbröckchen. Bevor wir uns auf den Rückweg machen, klopfen wir uns gegenseitig ab, dann gehen wir an der frischen Luft durch die Gassen bis zum Rustaweli-Boulevard. Bis wir staubbedeckt nach Hause kommen, ist der modrige Geruch verflogen.

Im Erdgeschoss unseres Hauses wohnt eine Frau. Am Nachmittag bekommt sie Besuch von einem Mann. Sie öffnet die Tür und geht ihm entgegen. Sie umarmen sich vor unserem Versteck. Von da, wo wir sind, haben wir Sicht auf ihre Beine, die Strümpfe der Frau, die Hose des Mannes. Wir versuchen auf Iraklis Schultern zu klettern, um zu sehen, wie sie sich küssen, aber mein Cousin hat Rückenschmerzen, er stößt uns weg. Wir hören die Küsse der Frau und des Mannes nur. Ihre Beine schlingen sich umeinander. Ich wende den Blick ab.

Aus dem Wohnzimmerfenster würden wir besser sehen, sagt meine Cousine Daredschan.

Es ist ekelhaft, sagt Eka.

Nein, sagt Irakli, sie glauben, sie sind allein.

Hör auf, große Töne zu spucken, sagt meine Schwester Thea, du weißt, dass das nicht recht ist.

Warum ist das nicht recht?, fragt Gugu.

Sei still, antwortet Irakli ihm schroff.

Ich flüstere, protestiert sein kleiner Bruder, ihr flüstert doch auch.

Wir sprechen unter uns Georgisch. Das ist die Sprache der Familie. Die der Ferien. In der Schule müssen wir Russisch sprechen. Das ist Vorschrift. Georgisch ist eine Sprache für Hunde, sagt unser Lehrer. Jeder Versuch, sich über das Verbot hinwegzusetzen, wird streng bestraft.

Die Körper der Frau und des Mannes trennen sich.

Kinder? Seid ihr da?, fragt die Frau.

Ihre Stimme ist speziell. Unsere Mutter Deda, unser Vater, mein Onkel und meine Tante, Babu und Bebia, unsere Großeltern, sagen, es sei schlimm, eine so schöne Frau mit einer solchen Stimme. Ich finde, es ist ein Glück, eine spezielle Stimme zu haben, ein Glück, so schön zu sein wie unsere Nachbarin. Sie ist nicht wirklich schön, sagt meine Mutter, sie ist aufreizend. Papa küsst ihr lachend die Hand. Die Frau lässt nicht locker, ruft uns noch einmal, sie ahnt, dass wir da sind, irgendwo versteckt. Wir sind still, wir ersticken fast daran, den Mund geschlossen zu halten. Ich lege einen Finger auf Theas halbgeöffnete Lippen, sie stößt mich heftig zurück. Die Frau lacht los und rückt dicht an ihren Geliebten heran. Während sie ihn küsst, hebt sie einen Fuß hoch und scheint damit in unsere Richtung zu winken. Die Hände des Mannes klammern sich auf unserer Höhe an ihr Kleid.

Er fasst ihren Hintern an, sagt Daredschan.

Ich will nach Hause, jammert meine Schwester.

Ich versetze ihr einen Stoß mit dem Ellenbogen. Sie hält einen Klagelaut zurück. Die Frau und der Mann gehen engumschlungen die Treppe hoch.

Schaut nicht unter ihren Rock, Jungs, sagt Daredschan.

Wir rühren uns nicht. Ein paar Minuten später geht unsere Großmutter an uns vorbei, sie trägt eine sehr schwere Tasche.

Man muss ihr helfen.

Nein, sie schafft es ohne uns.

Angemessen schuldbewusst sehen wir zu, wie sie die Stufen erklimmt. Schließlich verschwindet sie, und wir können sie vergessen. Nachbarn kommen und gehen, es gefällt uns, ihr Hin und Her zu verfolgen, wir kennen ihre Gewohnheiten. Die Frauen unterhalten sich, tragen die Kinder. Die Männer treffen sich auf den Terrassen der Cafés. Die Familien machen sich auf den Weg in die Kirche, Synagoge oder Moschee, die am Ufer der Kura nah beieinanderstehen. Unsere Väter gehen frühmorgens aus dem Haus. Sie bereiten die Revolution vor, sagt Thea in schwärmerischem Ton. Schon seit Jahren bereiten sie die Revolution vor, wir wissen nichts anderes über ihre Arbeit und nur wenig über die Revolution. Das Wort macht mir Angst. Mein Vater spricht es manchmal aus, wenn wir nachts beide nicht schlafen können und uns in der Küche begegnen.

Am Ende suchen unsere Mütter uns. Unsere sechs

Vornamen im Wind bilden einen nur für uns bestimmten Refrain. Manchmal sind wir in unserem Versteck gefangen und können nicht antworten. Wegen Babu, unserem Großvater, und seinen Freunden. Sie setzen sich direkt vor uns auf die Straße, um Nardi zu spielen. Wenn Babu gewinnt, dauert es Stunden. Sie lassen die Würfel über das Holzbrett rollen. Wir frieren oder schwitzen, die Beine schlafen uns ein. Es ist nicht mehr lustig.

Ich habe eine Idee, sagt Irakli.

Er schlüpft aus unserem Versteck heraus. Babu ist entzückt, ihn auftauchen zu sehen, und stellt ihm keine Fragen. Während Irakli ihn so ablenkt, ziehen wir uns wieder an und schleichen einer nach dem anderen heraus. Wir untersuchen einander sorgfältig, um alle verdächtigen Spuren zu entfernen, auch wenn wir die Nähe der anderen nur noch mit Mühe ertragen. Wir streifen durch das Viertel, um den Geruch loszuwerden. Jetzt, wo wir es könnten, reden wir nicht mehr, wir meiden einander fast. Ich passe auf meinen kleinen Cousin Gugu auf, der Schwierigkeiten hat mitzuhalten.

Tamas kommt heute. Das ist ihr erster Gedanke. Diesmal öffnet sie die Augen gleich, als sie erwacht. Sie begegnet dem sanften Blick ihres Katers, der auf der Kommode sitzt, da, wo der staubige Strahl der Sonne hinfällt. Pascha belauert sie. Sie richtet sich vorsichtig auf und setzt sich an die Bettkante. Sie ist ein Risiko eingegangen. Als sie am Abend zuvor das Gerät ausschaltete, hatte sie keine Angst.

Heute Morgen ist es anders, ihre Tat erschreckt sie ein wenig. Sie möchte diesen Tag erleben. Der Wecker zeigt schon halb zehn. Sie steht auf und geht ins Bad. Vor dem Waschbecken verschnauft sie. Sie vermeidet es, sich anzuschauen. Sie wäscht sich das Gesicht, putzt sich die Zähne. Schließlich richtet sie den Blick fest auf ihr Bild im Spiegel. Das hat sie seit Langem aufgegeben, aber heute schaut sie sich an. Kein Schlauchabdruck auf ihrer Wange. Sie sieht ganz gut aus. Eine Anwandlung von Eitelkeit überkommt sie. Sie denkt an

Tamas. An den Schock, seine Stimme zu hören. Wie würde er aussehen? Er hat gesagt: Ich habe gehört, du bist die Gleiche geblieben. Eine ironische Antwort ist ihr durch den Kopf geschossen, aber sie hat sie als geschmacklos erachtet und für sich behalten. Sie hat ihn reden lassen, hat ihm zugehört, erstaunt, davon so erschüttert zu sein. Das graue oder wassergrüne Kleid – über seine Farbe waren sich immer alle uneinig –, das wird sie tragen. Das Kleid hängt im Schrank. Es passt perfekt zu deinen Augen, sagt Nestan. Augen von undefinierbarer Farbe. Sie möchte auf Tamas Eindruck machen, auch wenn sie nicht verhindern kann, dass er sie verändert vorfindet. Pascha kommt entschlossenen Schritts ins Bad und streift um ihre Beine herum. Als sie das Zimmer verlässt, beginnt er vor ihr her zu rennen, und sie fällt beinahe hin. Darüber machen sich alle Sorgen, dass er sie einmal zum Stolpern bringen könnte. Aber sie bleibt fest, sie wird ihren Kater nicht hergeben. Sie tritt leicht nach ihm und murmelt unverständliche Worte. Pascha macht einen Satz und bleibt dann abrupt auf der Schwelle zur Küche stehen, um sie streng zu fixieren. Sie wendet sich ab und öffnet die Tür des Wandschranks im Flur. Das Kleid hängt da, als komme es gerade aus der Reinigung. Sie reißt das Plastik auf und lässt es zu Boden fallen. Pascha kommt herbei, schnuppert daran. Das Plastik knistert unter seinen Krallen. Sie streicht über den seidigen Stoff und versucht sich zu erinnern, wann sie das Kleid zuletzt getragen hat. Die Feiern überlagern sich in ihrer Erinnerung. Und hat sie es zu diesem oder jenem Anlass wirklich getragen? Sie hängt es zurück und steuert auf die Küche zu. Pascha stürzt ihr nach. Sie taumelt. Das Blut steigt ihr in den Kopf. Sie stützt sich an der Wand ab. In die Küche gehen, dem Kater sein Trockenfutter geben, das Frühstückstablett richten. Die Wand gibt nach, sie wankt noch etwas mehr. Sie spürt, wie sie schwach wird. In ihren Schläfen brummt und pocht es. Warum hat sie so etwas Dummes getan?

Wir verlassen Tbilissi den Sommer über. Jedes Jahr. In meiner Erinnerung ist es fast wie ein einziger Sommer. Der Weg nach Batumi ist lang, der Zug unbequem, die kurvige Strecke schüttelt uns durch. Trotz allem mag ich die Reise bis ans Schwarze Meer. Unsere Familie ist vollzählig. Mein Vater raucht Pfeife, ihr Duft erfüllt den ganzen Waggon. Er diskutiert mit meinem Onkel, manchmal werden sie laut, sie streiten, ich weiß nicht, worum es geht. Wahrscheinlich immer um das Gleiche, denn auch ohne ihnen zuzuhören, wird Bebia, meine Großmutter, rot und legt sich die Hände auf die Ohren. Mein Großvater schreitet ein, haut kräftig mit dem Stock auf den Boden. Sie verstummen. Meine Mutter streichelt Bebias Arm, die wieder ihre normale Farbe annimmt. Ich sitze neben meiner Großmutter, ich lehne mich an ihre Schulter und sehe die Landschaft vorbeiziehen, die Gipfel des Kaukasus. Babu ist da geboren, er sagt, die Berge haben ihm seine außergewöhnliche

Gesundheit verliehen. Deda hat die Arme um Thea gelegt. Gugu liegt auf dem Schoß seiner Mutter. Die anderen wackeln mit dem Kopf, sie werden aufeinandersinken und einschlafen. Bebia fasst mich nicht an, sie weiß, dass ich das nicht mehr mag. Ich sauge ihren Geruch ein. Sie riecht nach Alter. Der Zug fährt, alle Augen fallen zu außer denen meines Vaters, der über seine Manuskripte gebeugt an seiner Pfeife zieht. Meine Aufmerksamkeit lässt ihn aufblicken, er lächelt und streicht mit der Hand über mein Gesicht, es könnte eine Liebkosung sein, aber er tut es, um mich zu ärgern. Ich weiche zurück, diesmal zieht er eine Grimasse. Ich erwidere sie. Er vertieft sich wieder in die Arbeit. Ich betrachte erneut die Landschaft. Es ist, als würde ich schlafen, nur angenehmer, weil mir das Schaukeln des Zuges bewusst ist, weil ich den Traum, in den ich eintauche, kontrolliere.

Am Bahnhof warten die Pferde des alten Chaliko auf uns. Wir sind ungeduldig, sie zu sehen, sie und Chaliko, der sich um das Haus kümmert. Die Müdigkeit hindert uns daran, ihm an den Hals zu springen, er drückt uns an sich, murmelt Sätze, die nur für ihn selbst verständlich sind. Wir fahren am Hafen, den Kais, dem Strand entlang. Das Haus ist groß, wir verbringen jeden Sommer zusammen darin. Einen einzigen Sommer. Oder aber das Haus ist klein. Die Kinder schlafen alle in einem Raum unterm Dach. Meine Großeltern im Salon neben dem Klavier. Manchmal schlägt einer der beiden im Schlaf auf die Tasten, dann steigt der Ton in Kaskaden bis zu uns hinauf. Es ist zu heiß. Außer in der Eingangshalle, da ist es zu jeder Jahreszeit kühl. Das Treppengeländer ist abgenutzt. Wir rutschen darauf herunter und springen mit beiden Füßen auf den kalten Boden. Deda entrüstet sich, wenn sie uns dabei sieht. Meine Mutter ist nicht waghalsig, sie hat Angst, vor allem um uns. Babu, unser Großvater, tut so, als würde er nichts sehen. Ich glaube, er hat das Geländer in unserem Alter selbst abgenutzt. Keiner von uns verknackst sich dabei den Knöchel, wie es Deda prophezeit.

Ich bin fünfzehn Jahre alt, und in diesem Sommer habe ich Angst, ich will nicht mehr rutschen, die anderen machen sich über mich lustig. Sie warten am Fuß der Treppe. Ihre Rufe hallen wider. Die Eingangshalle ist der größte Raum des Hauses, obwohl sie zu nichts nutze ist. Um sie zum Schweigen zu bringen, steige ich rittlings auf das Geländer. Ich schließe die Augen, ich werde sterben. Kläglich lande ich zu ihren Füßen und versuche, mir den Rock über die Beine zu ziehen. Ich stehe schnell auf und ergreife die Flucht. Sie verfolgen mich. Ich renne in großen Sprüngen die Treppe hoch. Ich laufe zum Badezimmer und schließe mich gerade rechtzeitig ein. Sie klopfen vorsichtig an die Tür und rufen leise: »Tamuna, Tamuna.« Ich höre das Gekicher, das Geflüster hinter der Tür. Ich stehe vor dem Spiegel, ich muss lachen, ich kann gar nicht mehr aufhören. Ich gluckse allein vor mich hin und sehe mir dabei zu, mir laufen Tränen über die Wangen, mein Gesicht ist vom Lachen verzerrt. Hinter mir hängt die zerrissene Tapete in Fetzen über der Hocktoilette. Ich trockne mir die Tränen. Mit einem Schlag höre ich zu lachen auf. Es ist wieder still, ihnen ist langweilig geworden. Ich genieße meine Einsamkeit. Solche Momente sind selten und kostbar. In ein paar Augenblicken wird irgendein Familienmitglied an die Tür klopfen. Ich hocke mich hin, drehe einen Hahn auf, damit das laufende Wasser das Geräusch überdeckt. Die anderen nehmen es mir übel, dass ich nicht mehr will, dass sie hereinkommen. Vorher gingen wir zusammen auf die Toilette, einer hockte sich hin, während die anderen im Kreis um ihn herumstanden. Die Jungen störten uns nicht. Dies war der Ort der großen Diskussionen, der großen Entscheidungen. Was würden wir spielen? Wer würde in einem wichtigen Streit das letzte Wort behalten, der Bruder, die Schwester? Wen konnten wir nicht ausstehen? Waren wir verliebt? Ich drehe den Wasserhahn zu und steige auf die verrostete Badewanne, um das winzige hochliegende Fenster zu öffnen. Ich schaue auf die Wege hinaus, die sich durch die Berge schlängeln, die Olivenbäume, die Bougainvilleen. Ich höre die Rufe vom Fischmarkt her, einen Karren, ein Pferd, die Möwen, das Meer. Meine Cousins und meine Schwester sind auf der Straße, sie haben nicht auf mich gewartet. Bebia, eine Hand in die Hüfte gestemmt, unterhält sich mit der Nachbarin. Meine Großmutter hält sich immer so, wenn sie steht, ich finde das nicht sehr vornehm. Ihr ist das egal. Babu, mein Vater, mein Onkel und ein paar Nachbarn sind bei einem Nardi-Turnier, die Spieler sitzen, die anderen stehen in der prallen Sonne hinter ihnen. Sie machen große Gebärden, geben Ausrufe von sich. Ich wünschte, das Bild würde lebendig werden. Es ist scharf, erstarrt. Nichts regt sich mehr.

Der Hafen von Batumi entfernt sich. Das ist ein vertrauter Anblick, wir sind schon Boot gefahren und haben den Hafen oft vom Meer her gesehen. Dieses Schiff aber ist viel größer. Es stampft. Mir ist übel. Ich sitze zusammengekauert in einer Ecke der Kajüte. Ohne mich zu bewegen, sonst übergebe ich mich. Ich höre einen Schrei. Ein gelber Luftballon zieht an mir vorbei. Eine Frau und ein kleines Mädchen rennen hinterher, strecken die Arme zur Decke. Fangt ihn, fangt ihn, rufen sie. Die Leute blicken auf, verstehen nicht oder reagieren zu spät. Das kleine Mädchen brüllt noch lauter. Manche versuchen noch etwas, es wird geschrien, hinter dem Ballon hergelaufen, er entweicht, fast wird er gefangen, doch er entweicht wieder. Ich möchte sie zum Schweigen bringen, meine Übelkeit wird immer schlimmer, ich rühre mich nicht. Schließlich fliegt der gelbe Luftballon durch ein offenes Bullauge davon, die Unruhe legt sich. Das kleine Mädchen weint, während es ihm nachschaut. Er wird immer kleiner und erreicht die Wolken. Wir folgen dem Luftballon mit dem Blick. Lange. Bis er verschwindet. Die georgischen Küsten sind im Schwarzen Meer versunken. Ich halte mir die Ohren zu. Das Schluchzen des kleinen Mädchens ist mir unerträglich. Ich möchte hinausgehen an Deck, an die Luft, und mich ins Meer übergeben. Doch wir sitzen drinnen fest. Ich ersticke. Hinter mir erklingt Dedas Stimme. Die Hand meines Vaters legt sich auf meine Schulter. Ich weiß nicht, wann die Entscheidung, das Land zu verlassen, gefallen ist. Meine Schwester Thea und ich haben am Tag zuvor davon erfahren, dann hat man uns befohlen, es niemandem zu sagen. Wir haben nicht daran gezweifelt, dass es meinem Vater ernst war. Wir haben die Koffer gepackt, wir haben unsere Großeltern, unseren Onkel, unsere Tante, unsere Cousins und Cousinen umarmt und sind in den Zug nach Batumi gestiegen. Mitten im Winter. Ein italienisches Schiff nach Europa. Alle Mitglieder der Regierung, der mein Vater angehörte, sind mit ihren Familien an Bord gegangen.

Der Schwächeanfall ist vorüber. In der Küche gibt sie Pascha zu fressen. Er vertilgt sein Trockenfutter und macht sich daran, sich zu putzen. Sein Fell ist stellenweise spärlich. Er wird alt. Komischer Name für einen Kater, hat Tamas gesagt, als sie ihn zu sich genommen hat, ich bin eifersüchtig. Sie hat sich nicht getraut, ihn zu fragen, worauf. Nestan hatte das Kätzchen unter der Motorhaube eines Autos gefunden und es ihr gerade gebracht. Vor ihm hatte sie Hunde gehabt.

Dzarlo, in ihrer Kindheit, folgte ihr überallhin. In Batumi schwamm er neben ihr her. Eines Tages war er zu einer Gruppe von Jungen gerannt. In ihrem letzten Sommer in Georgien. Im Sommer, als sie fünfzehn Jahre alt war. Sie hatte ihn gerufen, aber er hatte nicht reagiert. Ihre Cousins und Cousinen waren ohne sie gegangen. Sie hatte ihren Mut zusammengenommen und war auf die Jungen zugesteuert, die in der Nähe des Damms im Sand saßen. Sie redeten laut auf Russisch, mit georgischem Akzent. Sie waren älter. In Badehosen. Dzarlo hatte sich zu Füßen des größten von ihnen gesetzt und schaute ihm zu, wie er ein Eis aß. Der Junge ließ sich von dem Hund anstarren. Er hatte einen dicken, schwarzen Haarschopf, ohne Locken. Einen beinahe mageren, muskulösen Körper. Sie stand angezogen neben ihnen. Sie trug einen Hut mit Bändern. Sie hielt den Blick auf die Sandkörner gerichtet. Sie hätte den Hund gern am Halsband gepackt, aber sie hatte Angst, sich lächerlich zu machen, wenn er sich weigerte, ihr zu folgen. Als der Junge Dzarlo sein angebrochenes Eis hinhielt, schien er ihre Anwesenheit zu bemerken und starrte sie an. Obwohl sie ihn überragte – er saß und sie stand –, schaute er sie von oben herab an, und sie hatte ihn ungehobelt gefunden.

Dzarlo, wir gehen, hatte sie gesagt und auf dem Absatz kehrtgemacht.

Sie hörte es lachen. Dzarlo hatte nicht einmal mit der Wimper gezuckt. Der Junge streichelte ihm den Kopf. Das hatte sie wütend gemacht. Sie war umgekehrt und hatte am Halsband des Hundes gezogen. Der Junge war aufgestanden, er war viel größer als sie. Sie hatte seine elegante Lässigkeit verabscheut.

Er ist starrköpfig, hatte er gesagt, diesmal auf Georgisch. Ich begleite dich, dann wird er uns folgen.

Für wen hielt er sich? Sie hätte gern protestiert, ihren wachsenden Zorn zum Ausdruck gebracht. Aber sie hatte nichts gesagt, und sie waren Seite an Seite die Kais entlanggegangen, Dzarlo hinter ihnen her. Die anderen Jungen hatten ihr nicht die geringste Aufmerksamkeit geschenkt.

Ich heiße Tamas. Und du?

Tamuna.

Sie hatte ihm, einem Vertrauensbeweis gleich, auf Anhieb ihren Kosenamen genannt und es sofort bereut. Er hatte nichts dazu gesagt. Er war nicht geschwätzig. Sein Schweigen hatte sie mit Schrecken erfüllt. Sie hatte gesagt: Auf Wiedersehen, ich denke, mein Hund wird mir jetzt folgen.

Ich begleite dich nach Hause, das ist doch selbstverständlich.

Er schien sich über sie lustig zu machen, zog ständig die Augenbrauen hoch. Aber er hatte Wort gehalten und sie bis nach Hause zurückbegleitet. Sie hatte befürchtet, dass jemand sie sehen könnte, aber es schien niemand in der Nähe zu sein. Er hatte sich vorgebeugt, um sich von dem Hund zu verabschieden, und sie dabei angestoßen. Als er sich wieder aufrichtete, hatte sie sich gezwungen, ihm fest in die Augen zu blicken, um ihm ihre Verachtung kundzutun. Er hatte die Lider zusammengekniffen, ein schmales Lächeln angedeutet und war mit einem Kopfnicken hinter den Häusern verschwunden. Dzarlo hatte sich zu ihren Füßen hingelegt, den Kopf auf ihrem Schuh.

Der Hund war mit ihren Großeltern in Georgien geblieben. Sie hat sie nie wiedergesehen. Keinen der drei. Sie kennt nicht einmal ihr genaues Todesdatum.

Sie will gerade mit dem Frühstück anfangen, als das Telefon klingelt. Zehn vor zehn. Sie hat es lieber, wenn man sie nicht vor zehn Uhr anruft, sie nimmt sich gern Zeit. Oft lässt sie das Telefon klingeln, und dann fragt sie jeden, der später anruft: Warst du das, der kurz vor zehn Uhr angerufen hat? Sie spürt die leise Gereiztheit in ihren Antworten: Nein, sie wissen doch, dass man nicht vor zehn anrufen soll. Sie ärgert sich, dass sie es nicht lassen kann, ihnen diese Frage zu stellen. Wahrscheinlich wäre es besser, einfach abzunehmen, statt es klingeln zu lassen, weil es noch nicht zehn ist. Sie lässt ihren Milchkaffee stehen und geht dran. Sie braucht eine Weile, um den Apparat zu erreichen, das wissen alle. Zumindest beim ersten Anruf des Tages. Danach nimmt sie das tragbare Telefon mit und legt es neben sich auf den Tisch, zwischen die Bücher, die Zeitungen und die Spielkarten.

Hallo. Ihr Hallo klingt wie ein Röcheln.

Geht es dir nicht gut?, fragt Tsiala.

Sie wartet eine Weile und bringt dann heraus: Doch, doch, ich war gerade beim Frühstück.

Wenig sprechen, Kräfte sparen.

Alles Gute zum Geburtstag!, sagt Tsiala. Ich wollte die Erste sein, die dir gratuliert. Bin ich die Erste?

Sie versichert ihr, dass sie die Erste ist, ja.

Ich muss los, bin spät dran, bis nachher.

Sie behält den Hörer in der Hand und bleibt auf einer Ecke des Sofas sitzen. Die Vorhänge sind noch geschlossen. Am Abend vorher, als es dunkel wurde, ist sie durch das ganze Zimmer gegangen, hat die Lampen angemacht und die Vorhänge zugezogen. Ein beruhigendes Ritual. An manchen Tagen wartet sie, bis Mohamed kommt, um sie wieder zu öffnen. Er arbeitet in dem Lebensmittelladen unten im Haus. Er hat den Schlüssel. Er kommt herein. Seine hohe Gestalt, seine gemessene Stimme beruhigen sie. Er putzt, bringt die Einkäufe hoch, bereitet den Kaffee für den nächsten Morgen vor. Sie braucht dann nur noch auf den Knopf der Maschine zu drücken. Die Brote streicht sie sich selbst. Er kommt aus Marokko, er war Koch im Königspalast, bevor er nach Frankreich kam, er redet oft vom Exil und der Familie, die er zurückgelassen hat. Sie hört ihm zu, sie zwingt ihn manchmal, davon zu reden, wie schlecht er im Palast behandelt worden ist. Er erzählt, widerstrebend. Danach wirft sie sich ihr Drängen vor. Sie selbst redet nie von den Gründen ihres Exils.

Sie zieht die Vorhänge auf. Das Tageslicht blendet sie einen Moment lang. Ihr Blick fällt auf ihr Abbild in dem kleinen Spiegel über dem Tisch. Eine dunkelhaarige Frau, helle, lustige Augen, hervorstehende Wangenknochen, der Mund offen, wie ein Fisch auf dem Trockenen. Sie wendet sich ab und schaut in den Himmel, auf die Baumwipfel vor den Fenstern, die der Wind bewegt. Die Wolken bilden jeden Tag neue Figuren. Die Straße ist ruhig. Sie hat das Vorbeiziehen der Kinder verpasst. Sie folgen ihren noch schläfrigen Eltern und verschwinden schlurfend in der Schule an der Ecke. Ihr Geschrei später im Pausenhof besänftigt sie, macht sie weniger besorgt. Eines Tages hat ein kleines Mädchen sie auf ihrem Balkon bemerkt, hat beobachtet, dass sie es beobachtete, und ihr unauffällig zugewinkt. Das wiederholte sich öfter, und eines Morgens erzählte es anderen davon. Seitdem richten die Kinder Grüße an sie, die sie erwidert. Die Eltern sehen nichts. Das ist eine Sache unter ihnen. Es sind fünf, sie weiß nicht, in welcher Verbindung sie zueinander stehen, zwei Jungen, drei Mädchen, und sie kann ihre Gesichter nicht genau erkennen. Sie denkt, dass eines von ihnen im Haus wohnt. Es verschwindet immer vor dem Eingang.

Von dem Tisch aus, an dem sie sitzt, kann sie das ganze Wohnzimmer überblicken, den Balkon, ein Stück Straße, Himmel, Bäume, das Haus gegenüber, die Hochbahn.

Die Notizbücher, die Tsiala ihr geschenkt hat, sind noch verpackt. Tsiala drängt sie zum Schreiben, nötigt sie ein wenig, so wie sie es mit Mohamed tut. Sie würde ihr die Freude gerne machen, erzählen, aber sie schafft es nicht. Sie nimmt die Notizbücher aus ihrer Verpackung, trinkt ihren Milchkaffee aus. Es sind hübsche Notizbücher, mit sehr feinem Papier. Sie nimmt einen Kugelschreiber, setzt rechts oben das Datum hin. Ihr Geist beginnt zu schweifen, ihre Gedanken zerstreuen sich.

Wenn sie manchmal redet – ihrem Gedächtnis gestohlene Geschichten –, sagt Tsiala: Das ist besser als nichts. Es ist wichtig für uns, für mich jedenfalls. Sie öffnet die Balkontür und tritt hinaus. Das Telefon klingelt erneut. Diesmal hat sie den Apparat in der Hand, sie lässt sich in den Korbsessel fallen und nimmt ab.

Hast du gut geschlafen? Ich komme um elf, um alles herzurichten, sagt Nestan.

Elf Uhr, ist das nicht ein bisschen früh?

Freust du dich wenigstens? Es klingt, als wäre es dir lästig.

Ach, Geburtstage, weißt du, aber ich bin glücklich, euch alle zu sehen.

Alles Gute zum Geburtstag, sagt Nestan beinahe widerwillig, dann: Früher mochtest du Geburtstage.

Sie versucht im Kopf nachzurechnen, seit wie vielen Jahren Tamas und sie sich nicht mehr gesehen haben. Vielleicht wird er nicht kommen. Es ist ein Gefühl wie ein Déjà-vu. Sie hat auf ihn gewartet, gehofft, umsonst.

Im letzten Moment war Paris nicht sein Ziel gewesen. Sie hat nie aufgehört, auf ihn zu warten. Er hatte Verspätung. Immer. Verspätung auf georgische Art.

Bis nachher, sagt Nestan und legt auf.

Sie hat nicht zugehört, hofft, dass sie Nestan nicht verletzt hat. *Genatswale.* Sie murmelt das georgische Kosewort. Das Telefon klingelt erneut. Es ist Reziko.

Ich bin so froh, dich zu hören. Wie geht es dir?

Es geht mir besser. Und du? Wie fühlst du dich? Ich wäre heute Abend so gern bei euch gewesen.

Reziko wird nicht dabei sein können, er lebt weit weg. Es ist besser so, auf diese Weise vermeiden sie die Reibereien des Alltags. Sie muss Nestan verletzt haben. Sie unterhalten sich eine Weile. Mohamed kommt herein, eine rote Rose in der Hand. Sie legt auf, sie dankt ihm für seine Aufmerksamkeit. Sie bittet ihn, die Rose in eine kleine Vase zu stellen, auf den Tisch, an dem sie den Tag verbringen wird. Sie möchte ihm zu verstehen geben, wie viel ihr sein Geschenk bedeutet. Mohamed ist der einzige, dem sie von Tamas' Kommen erzählt hat. Sie spricht diesen Vornamen nicht mehr aus. Er ist aus ihrem Leben herausgetreten, und doch ist es, als habe er sie überallhin begleitet. Und er, Tamas? Denkt er manchmal an sie? Sind die Menschen gegenwärtiger, wenn sie fort sind? Während sie sich wäscht, denkt sie an die Abwesenden, sie ermisst ihre Gegenwart in ihrem Leben.

Als sie auf den Balkon zurückkehrt, ist Wind aufgekommen und es ist kühler geworden. Pascha balanciert auf dem Geländer. Ohne ihn hätte sie vergessen, wie sich Schwindel anfühlt. Pascha kneift die Augen zusammen und hält die Nase in die Sonne. Der Rasen ist frisch gemäht, und der Geruch des frischen Grases steigt zu ihr auf. Zwei Mütter sitzen auf einer Bank, die Kinderwagen vor sich. Sie unterhalten sich angeregt. Sie versucht zu erraten, worüber sie reden. Die dunkelhaarige Frau mit den Locken arbeitet nicht jeden Tag. Es kommt vor, dass sie sich ohne Kind auf die Bank setzt und liest, schreibt oder zeichnet. An anderen Tagen betritt die Frau den kleinen Park nicht, sie läuft nur daran vorbei, an der Seite eines Mannes, mit dem sie mit großen Gebärden redet und in ansteckendes Gelächter ausbricht. Sie malt sich das Leben dieser Frau aus. Eines Tages hat sie den Atem angehalten, weil sie meinte, sie sei auf ihrem Balkon entdeckt worden, aber die Frau hat den Blick schnell wieder abgewendet. Dabei fühlt sie sich ihr so nah, sie kennt ihre Neigungen, ihre Launen, und sie hat ihr manchmal übertriebenes Lachen liebgewonnen. Die beiden Freundinnen verschwinden aus ihrem Blickfeld.

Sie starrt auf ihre Hände, die das Geländer festhalten. Sie sieht die von Thea vor sich, ihre Hände waren sich ähnlich. Ist das der Grund, warum sie sich so genau daran erinnert? Die leblosen, weißen Hände ihrer

Schwester, ruhend wie die nackten Äste eines Baumes. Thea und sie redeten manchmal stundenlang. Spät in der Nacht, erst in Georgien, dann in Paris, in der kleinen Wohnung. Theas Hände klammerten sich an ihre.

Sie lässt den Kopf auf die Sessellehne sinken und schließt die Augen. Der Autolärm auf dem Boulevard lässt nach und verstärkt sich dann um die Mittagszeit wieder, ebenso wie das Gehupe. Mohamed schaltet den Staubsauger ein. Sie verlässt den Balkon und neigt sich ihm zu. Er ist über den Teppich gebeugt, der Staubsauger erscheint winzig zwischen seinen Händen. Er dreht sich fast sofort um.

Mohamed, könnten Sie mir bitte mein Gerät ins Wohnzimmer bringen? Ich will mich wieder an den Sauerstoff anschließen.

Als sie ihn erbleichen sieht, fügt sie rasch hinzu: Machen Sie sich keine Sorgen, es ist alles in Ordnung, aber ich will heute Abend in Form sein.

Er wirkt erleichtert. Er beeilt sich, ihr das Sauerstoffgerät bereitzustellen, am Tisch, an ihrem Platz. Er kennt die Gegenstände auswendig, mit denen sie sich für den Tag umgibt, sie liegen in ihrer Reichweite neben den Handarbeitssachen.

Vom Tisch aus kann sie die herabhängenden weißen Geranien sehen, das blaue Eisenkraut, die Fleißigen Lieschen, dann die Bäume, das Wohnhaus gegenüber und auf der rechten Seite die Hochbahn. Genau an dieser Stelle fährt die Metro in die Station ein. Eine klare, tröstliche Momentaufnahme. Im Lauf der Jahre haben sich die Züge verändert, und die Reifen quietschen nicht mehr, fast nichts mehr deutet auf das Nahen einer Metro hin. Ohne es Mohamed sehen zu lassen, platziert sie einen Wattebausch auf jeder Wange, da, wo die Sauerstoffmaske aufliegt. Um unschöne Druckstellen zu vermeiden. Diese dummen Abdrücke haben sie dazu verleitet, vergangene Nacht auf Sauerstoff zu verzichten. Jetzt ermisst sie, wie leichtfertig das war. Tamas würde noch ganz andere Spuren in ihrem Gesicht sehen. Und er, was wird er für ein Gesicht haben? Plötzlich will sie ihn gar nicht mehr sehen. Sie hat sich an die Vorstellung gewöhnt, ihn nie mehr wiederzusehen. Er muss von ihrer Krankheit gehört haben. Sie will nicht, dass er sie so sieht. Sie kann ihn noch anrufen, absagen. Sie schlägt ein Buch auf, liest ein paar Seiten, ohne ein Wort davon zu behalten, klappt es wieder zu. Sie nimmt ein Kartenspiel, beginnt eine Patience zu legen, bringt sie aber nicht zu Ende. Sie verstreut die Karten über den Tisch, mischt sie mechanisch. Nein, sie wird ihn empfangen, da ihm so viel an diesem Besuch liegt. Sie wird Eindruck auf ihn machen, so wie sie es sich erträumt.

Wird ein Tag kommen, da sie nicht mehr allein ins Bad wird gehen können? Was wird dann geschehen? Sie sieht den mageren Körper ihrer Mutter wieder vor sich.

Deda, wie sie von Krankenschwestern gewaschen wird. Einmal ist sie ins Bad gekommen, als sie es nicht sollte. Später hat sie ihre Mutter selbst gewaschen. Sie fand das schrecklich. Deda auch. Sie haben sich für diese erzwungenen Momente gegenseitig gehasst. Sie sucht in der Schublade der Anrichte hinter ihr nach dem kleinen Spiegel. Sie betrachtet sich darin. Einen Augenblick lang gefällt sie sich. Sie greift nach dem Maniküreset und macht sich an ihre Nagelpflege.

Wir rennen über das Pflaster. Wir zählen die Schiffe am Kai. Wir malen uns ihre künftigen und vergangenen Ziele aus. Eine Ecke des Hafens, die unsere Eltern uns verbieten. Hinter uns ist Tamas. Ich zucke zusammen, als ich ihn erkenne. Er lässt sich nichts anmerken. Ich bezweifle, dass er wegen mir da ist. Ich wende mich ab, ich spüre seine Anwesenheit, während wir uns an den Rand des Kais setzen. Ich mit Gugu etwas hinter den anderen, weil mir leicht schwindelig wird und Gugu noch zu klein ist.

Ich belauere ihn. Hat er meine Cousine Daredschan bemerkt, die älter wirkt als ich, mit ihrer Haut, so blass und glatt wie Porzellan, und ihrem blonden Haar? Er blickt in die Ferne. Ich rede mit Gugu und schlage die Augen nieder, aber ich beobachte Tamas weiter. Mir ist sehr heiß, es zieht mich nach Hause. Ich möchte vor ihm fliehen oder ihn zurückhalten. Ich habe das Bedürfnis, allein zu sein. Ich schlage vor, woanders hinzugehen. Ich finde keinen Grund, mich von den anderen abzusetzen. Ich vertraue mich Thea an, ohne den Jungen hinter uns zu erwähnen. Sie akzeptiert mein Verlangen nach Einsamkeit, nimmt die anderen mit, ich werde später wieder zu ihnen stoßen. Ich biege in eine Gasse ab, während sie geradeaus weitergehen. Ich bete darum, dass Tamas noch da sein wird, wenn ich mich umdrehe. Ich gehe ein paar Schritte, bemühe mich, locker zu wirken. Ich drehe mich um. Niemand. Ich mache mich über mich selbst lustig. Ich kann diesen Jungen nicht ausstehen. Er macht mir Angst. Ich gehe zurück zum Kai, in die Nähe des Leuchtturms. Dieser Ort ist mir lieber, er ist für junge Mädchen angenehmer, trotz des heftigen Seegangs um die Mole herum. Eine Hand legt sich auf meine Schulter, ich habe keine Zeit zu erschrecken. Tamas lächelt mich an und grüßt mich höflich. Ich möchte ihn fragen, ob er mir gefolgt ist und warum. Ich rede über andere Dinge. Eine brave Unterhaltung, in der wir genaue Informationen austauschen. Name, Adresse, Personenstand. Er ist nur zwei Jahre älter als ich. Das ist weniger, als ich dachte. Er lernt auch Französisch. Sein Vater ist Arzt, hier in Batumi, er behandelt die Menschen mit Hingabe, manchmal ohne Bezahlung. Tamas scheint ihn sehr zu bewundern. Er träumt von Amerika, ich von Paris, den französischen Dichtern. Ich rede von der politischen Rolle meines Vaters, er hat Georgiens Unabhängigkeit verkündet. Mit den Mitgliedern seiner Partei haben sie eine Regierung gebildet, mein Vater ist der Landwirtschaftsminister. Ich lauere auf eine Reaktion. Ich kann nicht erraten, was er darüber denkt. Ich nehme es mir übel, meinen Vater benutzt zu haben. Mir wird klar, wie wenig ich über seine tatsächlichen Aktivitäten weiß. Selbst wenn ich wollte, könnte ich nicht mehr Details liefern. Tamas beobachtet mich, stellt keine Fragen, er verabredet sich für den nächsten Tag mit mir. Sein Mund streicht leicht über meine Handfläche. Ich schwitze. Aus Angst, dass er es merken könnte, ziehe ich meine Hand zurück. Ich überlege es mir anders, ich wünschte, er würde mich nicht loslassen, aber es ist schon zu spät. Er geht davon. Ich sehe ihm nach. Jede folgende Minute ist diesem Moment gewidmet. Ich denke unablässig daran. Ich zähle die Stunden bis zu unserem Rendezvous. Ich frage mich, wie ich meiner Familie, unserem Kinderrudel entfliehen werde. Wir sind das nicht gewohnt, wir machen nie irgendetwas ohne die anderen. Es wird mir etwas einfallen. Ich bin kein Kind mehr.

Ich entscheide mich zur Flucht, als sie mir für einen Moment den Rücken gekehrt haben. Tamas wartet am vereinbarten Ort auf mich. Er schaut zu, wie ich auf ihn zugehe. Ich spüre, wie meine Knie weich werden. Ich bleibe jedoch aufrecht. Er kommt mir entgegen. Wir sehen einander an und sprechen kein Wort. Vielleicht weiß er ebenso wenig wie ich, was mit uns geschieht.

Wir gehen schweigend nebeneinanderher. Er rührt mich nicht an. Wir streifen uns manchmal. Es ist ein langer Spaziergang. Das Wetter ist ideal, eine leichte Brise trägt uns. Wir verabreden uns wieder, ohne reden zu müssen. Ich gehe nach Hause, lege mich hin, täusche einen plötzlichen Fieberanfall vor. Bebia bringt mir Tee, legt mir die Hand auf die Stirn und flüstert: Du fühlst dich wirklich fiebrig an, *genatswale*. Ich halte sie zurück, klammere mich an ihren Arm, sie wundert sich sicher, zeigt es aber nicht. Sie setzt sich an den Bettrand und singt mir ein Lied vor, das Lied der Abende, an denen der Schlaf nicht kommen will. Ich verlange nach dem Lied der Feste. Ich halte die Tränen zurück, die ich ihr nicht erklären könnte.

Sie hätte sich Notizen machen sollen, Tsiala hat recht, wenigstens die Fakten aufschreiben, sagen können, was wirklich passiert ist und zu welchem Zeitpunkt. Ihre Geschichte lebt nur noch bruchstückhaft in ihrem wankenden Gedächtnis fort. Sie hat Tamas Dinge verheimlicht, Details ausgelassen. Sie weiß sicher auch nicht alles.

Mohamed kommt wieder ins Zimmer und unterbricht den Faden ihrer Gedanken. Er fährt mit einem Staubtuch über die Anrichte hinter ihr.

Lassen Sie doch, sagt sie, das können Sie morgen machen, nach dem Fest.

Er hört nicht oder tut so, als ob. Es ist ihr immer peinlich, dass dieser ältere Mann für sie putzt. Sie sieht, wie der große Körper sich niederbeugt, und findet einmal mehr, dass er Anmut besitzt. Er arbeitet schwer, geht verschiedenen kleinen Tätigkeiten nach. Er schickt seiner Familie Geld und hofft darauf, Papiere zu bekommen, sie nachkommen zu lassen, sie einfach nur wiederzusehen. Sie hat ihm vom sowjetischen Regime erzählt, von der Unmöglichkeit, Neuigkeiten von irgendjemandem zu erhalten, von der verbotenen Heimkehr. Von diesem jähen Bruch, dessen Absurdität akzeptiert werden musste. Und von der Hoffnung, die versandet, wenn das Leben nur von Tag zu Tag gedacht werden kann. Mohamed interessiert sich für die, die geblieben sind, er verleiht ihnen in ihren kurzen, aber häufigen Unterhaltungen zwischen Staubwischen und Staubsaugen neues Leben. Mit Mohamed ist es einfacher, die Vergangenheit heraufzubeschwören. Er putzt jetzt die silberne Teekanne, ihr einziges Erinnerungsstück aus Georgien. Sie hat sich nie eine Putzfrau leisten können. Heute legen die anderen zusammen, um jemanden zu bezahlen, der sich um sie kümmert, ihre nachlassende Gesundheit hat sie dazu gebracht. Sie lackiert sich den letzten Fingernagel fertig, Mohamed scheint nicht ins andere Zimmer wechseln zu wollen. Als würde er über sie wachen. Sie schaut auf die Uhr. Nestan wird bald da sein. Sie beschließt, die Maske abzulegen, um sie nicht zu beunruhigen. Sie räumt den Spiegel und das Maniküreset zurück in die Anrichte, ihr Blick gleitet über die Fotoalben. Es hat sie nie interessiert, die Fotos zu sortieren, zu beschriften, zu kommentieren. Andere haben es getan, für die Kinder. Sie nahmen sie auf den Schoß, blätterten mit ihnen die Alben durch. Die Kinder entdeckten sich als Babys, betrachteten die Menschen an ihrer Seite, die in die Kamera lächelten. Sie mochten die unbekannten Gesichter. Für sie wurden die Alben immer weiter bestückt. Heute hat Tsiala sich ihrer bemächtigt und zwingt sie, sich zu erinnern, was darauf zu sehen ist, die Abzüge genau zu betrachten, um ihnen ihren verborgenen Sinn zu entlocken. Es gelingt ihr nicht, sie findet Ausflüchte, unermüdlich wiederholt sie die Namen, wie eine Litanei, eine Zauberformel, die ihr die Tore einer versunkenen Welt öffnen könnte. Wachtang Tsitsischwili, Medea Rambaschidse, Waliko Abaschidse, Theimuras Ramischwili ... Tsiala notiert sie mit einem Vertrauen, das ihr Unbehagen bereitet. Die Erinnerungen steigen immer dann auf, wenn sie am wenigsten darauf gefasst ist, sie streifen ein paar Minuten lang die Wahrheit, dann lügen sie sehr schnell. Und sie lässt sie etwas schuldbewusst fahren und flüchtet sich in Träumereien, in denen sie am Ende neue erfindet.

Tsiala begeistert sich für Fotografie, sie studiert sie, fotografiert selbst, wälzt die Bücher der großen Fotografen. Kürzlich hat sie um das hintere Zimmer gebeten, Dedas früheres Schlafzimmer, das heute als Abstellkammer dient, sie hat die Möbel umgestellt, um darin ihre Abschlussarbeit zu präsentieren. An den Wänden hängen aus den Familienalben herausgerissene Fotos neben georgischen Schriftzügen, die Tsiala schön findet und die für sie dunkel bleiben, und Collagen, zeitgenössische, bizarre Bilder. Das hat in der Familie Zwietracht gesät. Manche haben es ihr übelgenommen, dass sie Tsiala ohne vorherige Absprache einen Raum überlassen konnte. Darf einer von ihnen das ganze Erbe in Beschlag nehmen, die Dokumente und Fotos der Familie?

Es ist gut, dass dieser Raum zu etwas nutze ist, haben die anderen diesen Protesten entgegengehalten, du kannst damit machen, was du willst, Tamuna. Und du hast recht, sie zu ermutigen.

Als Tsiala sie zum ersten Mal in das verwandelte Zimmer geführt hat, ist sie stumm vor der zusammengewürfelten Ausstellung stehen geblieben. Sie sind zurück ins Wohnzimmer gegangen und haben über andere Dinge geredet. Über Mathieu, der Tsiala nicht zurückgerufen hat.

Warum rufst du ihn denn nicht an?, fragte sie.

Ich habe auch meinen Stolz, antwortete Tsiala.

Früher, da konnte ein Mädchen einen Jungen nicht anrufen, das gehörte sich nicht, aber manchmal wären, wenn ich den Mut gehabt hätte anzurufen, gewisse Dinge anders gelaufen. Das ist Mut, weißt du, nicht mangelnder Stolz.

Erzähl, was wäre anders gelaufen?, fragte Tsiala.

Es geht um dich, was empfindest du für diesen Jungen?

Sie wünschte, Tsiala würde mehr Zeit damit verbringen zu leben, statt sich hier einzuschließen, mit ihr, oder in Dunkelkammern, um Momentaufnahmen aus dem Leben anderer zu entwickeln. Sie erkennt ihre Fähigkeit wieder, in eine Parallelwelt zu versinken. Sie möchte von der Ausstellung berührt sein, ist es aber nicht. Sie empfindet ein vages Schuldgefühl. Tsialas Arbeit stellt eine fotografische Dokumentation des Weges dar, der sie alle von Tbilissi nach Paris geführt hat. Ohne Gefälligkeit oder Mitleid, das Projekt hält sich an die Fakten. Sie sollte sie beglückwünschen. Aber was Ermutigungen, zärtliche Gesten, Umarmungen angeht, ist sie ein wenig behindert. Es kommt ihr zu überschwänglich vor. Sie tröstet sich mit der Gewissheit, dass sie andere aufrichten kann.

Mein Vater kämpft für die sozialdemokratische Partei. Das ist nicht die Partei meines Onkels, des Mannes meiner Tante, der Schwester meiner Mutter. Zu Hause meiden sie das Thema, dann plötzlich wird es stärker als sie und ein Streit bricht aus. Eines Abends in Batumi gibt es eine Schlägerei auf der Straße. Meine Cousins und ich wachen von dem Geschrei auf, wir versuchen, durch die Dachluke zu schauen, aber es ist zu eng für uns sechs, wir rennen die Treppe hinunter. Die Tür steht offen, sie sind auf der Straße. Ein Freund meines Onkels beschimpft meinen Vater. Mein Vater stürzt sich auf ihn, versucht ihn zu schlagen. Deda, Bebia und meine Tante schreien. Mein Onkel will sie trennen. Sie fallen alle drei zu Boden. Mein Vater hält sich das Gesicht. Er hat Blut an den Händen, der Mann liegt auf dem Boden, rührt sich nicht mehr. Eine Stimme schreit: Du hast ihn umgebracht, du bist verrückt, du hast ihn umgebracht. Keiner bemerkt die Kinder, barfuß, in Schlafanzug und Nachthemd. Gesittet steigen wir wieder auf unseren Dachboden hinauf. Wir wissen nicht, was wir sonst tun sollen. Wir legen uns wieder auf unsere Betten. Es ist heiß.

Ich möchte mich ungestört ausziehen, sagt meine Cousine Daredschan, wir sind zu alt, um mit den Jungen das Zimmer zu teilen.

Wir werden es noch zwei Jahre teilen.

Zieh dich aus und sei still, sagt ihr Bruder Irakli, du bis zu jung, um mich zu interessieren.

Daredschan richtet sich wütend auf.

Seid still, sagt Thea, Papa hat einen Mann umgebracht.

Was sagst du?, fragt Gugu.

Aber nein, niemand hat irgendjemanden umgebracht, sagt Daredschan.

Das ist eine Schlägerei, sagt Irakli, davon wirst du noch mehr sehen, Dummkopf.

Jedenfalls hat er sich nicht mehr gerührt, sagt Eka.

Und Papa hat geblutet, ergänzt Thea.

Unser Vater sagt, die Revolution wird kommen, sagt Eka, aber er ist nicht mit eurem Vater einverstanden, der will, dass dabei Blut fließt.

Unsinn, sagt Thea, Papa will nicht, dass dabei Blut fließt.

Ruhe, sagt Daredschan, ich will schlafen.

Oh, Prinzessin Daredschan will schlafen, egal was passiert, trällert Irakli.

Daredschan steht auf und versucht ihn zu schlagen. Er weicht ihr lachend aus. Ich stehe von meinem Bett auf und unterbreche sie.

Hört mal, jetzt singen sie.

Wir verstummen. Gesang und Klaviernoten steigen zu uns auf, die vertrauten Klänge eines gewöhnlichen Abends.

Warum weinst du?, fragt Thea Eka.

Sie weint die ganze Zeit, sagt Daredschan.

Sie will nicht, dass die Revolution kommt, aber die Georgier warten schon lange darauf, sagt Gugu.

Er ist der kleinste, und wie gewöhnlich beachtet niemand seine Bemerkung. Unten hat mein Vater angefangen zu singen. Ich erkenne seine hohe Stimme inmitten der anderen. Seine Stimme wird tiefer, wenn er spricht. Sie klatschen in die Hände. Daredschan stellt sich auf ihr Bett und imitiert den georgischen Tanz, die Hände graziös in die Luft gehoben. Irakli schubst sie, sie fällt zurück auf ihre Matratze.

Ich gehe nach unten, sage ich.

Ich steige aus meinem Bett und öffne die Tür. Die anderen folgen mir. Wir gehen wieder hinunter. Diesmal sieht uns unsere Großmutter. Sie winkt uns heran. Mein Onkel hat sich ans Klavier gesetzt. Meine Tante tanzt mit dem Mann, der meinen Vater geschlagen hat. Dann fordert der Mann Deda auf. Mein Vater hat einen Verband auf der Stirn, er legt dem Mann den Arm um die Schultern. Sie deuten kaukasische Schritte an. Ich verachte sie. Ich verlasse den Raum. Das Haus. Niemand hat mich gesehen.

Ich entferne mich, gehe in Richtung Meer. Ich kenne die Wege auswendig, aber in der tiefen Dunkelheit erschrecken sie mich ein wenig. Ich kauere mich am Rand eines Pfades hinter einen Baum, der Geruch von Feigen macht mich ganz benommen. Ich wage nicht mehr, mich zu bewegen, zu viel Angst, um umzukehren. Aber es bleibt mir nichts anderes übrig. Ich renne zurück nach Hause. Das Haus scheint zu schlafen, Thea flüstert am Fuß der Treppe.

Ich habe mir Sorgen gemacht, ich habe gesagt, du seist oben, was hast du denn getrieben?

Pscht! Du hast mich erschreckt. Geh ins Bett, ich komme gleich.

Sie gehorcht mir, erleichtert, dass ich wieder da bin. Im Salon brennt Licht. Mein Großvater liegt auf dem Sofa, er schnarcht laut, sein Buch ist ihm aus der Hand gefallen, sein Arm hängt leblos herab, ich hebe ihn an, lege ihn auf seinen Bauch. Er bewegt sich etwas im Schlaf, er hat zu viel getrunken, und Bebia hat ihn aus dem Bett geworfen. Ich schiebe ihm ein Kissen unter den Kopf. Ich gehe zum Klavier, zu dem Bett, in dem Bebia schläft. Die Stille ist bedrückend. Ich habe Angst, dass sie nicht mehr atmet. Ich zwicke sie in den Arm.

Ein Schauder läuft durch ihren Körper, sie murmelt etwas. Es ist an mich gerichtet, für meine Großmutter bin ich die, die sie im Schlaf zwickt. Ich schlüpfe neben sie ins Bett, der Platz riecht nach Babu. Sie flüstert: Schlaf, kleines Mädchen. Ich schließe brav die Augen.

Babu und Bebia wohnen in Tbilissi mit uns zusammen. In Abwesenheit meiner Eltern sind mehrmals Leute gekommen, um sie über die Aktivitäten meines Vaters zu verhören, Leute des Zaren, Russen. Seit dem Aufstand von 1905 werden die Gegner des Zarenreichs gejagt und nach Sibirien geschickt, wir kennen Leute, denen es so ergangen ist. Mir ist die Bedrohung, die über uns hängt, nicht wirklich bewusst, ebenso wenig wie die Gefahr, die das politische Engagement meines Vaters bedeutet.

Nach meiner Begegnung mit Tamas versuche ich, mehr zu erfahren. Eines Abends stehe ich wieder auf, nachdem das Haus eingeschlafen ist. Mein Vater ist noch wach. Ich weiß, dass ich ihn in seinem Büro bei der Arbeit finden werde. Er sitzt über seine Akten gebeugt da und zieht an seiner Pfeife. Er ist in letzter Zeit viel unterwegs, seine Arbeit als Minister nimmt ihn voll in Beschlag, Deda wirft ihm das vor. Ich klopfe an die Tür und öffne sie einen Spalt. Er hebt den Kopf, streckt mir die Hand entgegen: Tamuna, *genatswale*, was machst du um diese Uhrzeit hier?

Ich nehme seine Hand, er zieht mich auf seinen Schoß. Ich habe mich nicht mehr auf seinen Schoß gesetzt, seit ich groß bin.

Ich habe Fragen an dich über deine Arbeit, über die Regierung.

Dann ist es also ernst?, meint er und zieht eine Augenbraue hoch.

Mein Vater ist sehr dunkelhaarig und seine Brauen sind schwarz und dick. Aber diesmal bringt mich die hochgezogene Augenbraue nicht zum Lächeln. Ich stelle meine Fragen, ich nehme mir einen Stuhl und setze mich ihm gegenüber. Zum ersten Mal spricht er mit mir wie mit einer Erwachsenen.

Am 26. Mai 1918 hat die georgische Nationalversammlung Georgien für unabhängig erklärt, das war ein Ereignis. Das Land war über hundert Jahre von den Russen annektiert gewesen.

Ist es deshalb jetzt erlaubt, Georgisch zu sprechen?

Lass mich reden, sagt er.

Im Februar 1919 haben Wahlen stattgefunden, alle Männer über zwanzig und auch die Frauen durften wählen. Die sozialdemokratische Partei bekommt 85 % der Stimmen, mein Vater wird zum Landwirtschaftsminister ernannt. Noe Schordania ist der Präsident. Sie haben eine riesige Aufgabe vor sich, auch wenn sie in ein paar Monaten schon große Veränderungen eingeleitet haben.

Er erzählt mir von der Agrarreform, deren Urheber er ist und die Zorn und Aufruhr hervorruft. Der alte Adel wird enteignet, und ihre Ländereien werden an die Bauern und Kleingrundbesitzer umverteilt. Das ist die Grundlage des Sozialismus, erklärt er mir. Er erzählt mir von den Wäldern, den Weiden und den großen Landgütern, die zu nationalem Eigentum erklärt worden sind, von der Wiederbelebung der Produktion, des Handels, von der Reform, die den Achtstundentag für alle einführt, von der Trennung von Kirche und Staat und der Abschaffung des Religionsunterrichts in den Schulen. Ich verstehe nicht alles, erfasse aber das Wesentliche.

Er erzählt mir von ihrer stetigen Wachsamkeit, damit die neue Regierung das Land in die Zukunft führen kann. Zu viele Leute wollen dessen Ende. Die Türken, die russische Armee und die Bolschewiken, die das Land überall unterwandern. Er wirkt stolz und voller Vertrauen auf die Unterstützung der westlichen Demokratien.

Was hat er dir gesagt?, fragt mich Thea am nächsten Morgen.

Ich versuche, ihr die Situation so klar wie möglich wiederzugeben. Wir sind allein zu Hause. Unsere Cousins sind mit ihren Eltern in die Kirche gegangen, mit Babu, Bebia und Deda. Unsere Mutter zwingt uns nie, in die Kirche zu gehen. Ich habe meinen Vater im Verdacht, dass er keinen Wert darauf legt. Ich kann der Versuchung nicht widerstehen, von Tamas zu reden. Das verleiht ihm eine Realität, und ich brauche diese Realität. Thea nimmt es mir übel, dass ich so lange damit gewartet habe, ihr davon zu erzählen. Sie lässt mich unermüdlich seinen Namen wiederholen, was wir gesagt, was wir getan haben. Sie weigert sich zu glauben, dass er mich nicht geküsst hat, fragt mich, ob ich es möchte. Ihre Fragen sind mir lästig. Auf einmal tut es mir leid, dass ich mich ihr anvertraut habe. Ich sage es ihr, ich sage auch, dass ihre Art zu reagieren meine Gefühle verletzt. Diesmal verstummt sie beleidigt. Aber sie ist nie sehr lange böse, ich nehme ihr das Versprechen ab, das alles für sich zu behalten, und dieser bloße Wunsch scheint für sie eine annehmbare Entschuldigung zu sein.

Ich treffe Tamas wieder, sooft ich kann. Wir reden weniger, wir begnügen uns damit, Seite an Seite spazieren zu gehen. Wir fassen einander nicht an. Jede zufällige Berührung löst Gefühle in mir aus, die ich kaum kontrollieren kann. Er scheint es nicht zu bemerken, und es gefällt mir zu denken, dass er genauso verwirrt ist. Ich zweifle nicht daran, dass ihm unsere Spaziergänge gefallen, denn er wird ihrer ebenso wenig überdrüssig wie ich. Die Tage vergehen, der Sommer neigt sich dem Ende zu. Ich denke beim Einschlafen an ihn, ich wache auf und habe nichts anderes im Sinn, als ihn wiederzutreffen.

Es wird September. Am 13. diesen Monats wird in Batumi gefeiert. Die Regierung empfängt Delegationen der europäischen Demokratien, die Stadt ist mit Fahnen, Girlanden, Blumen geschmückt. Die Menge wogt, tanzt und singt in den Straßen. Alle Bewohner scheinen draußen zu sein. Die allgemeine Erregung macht mich euphorisch, ich glaube, die anderen auch, wir gehen schreiend hinaus und folgen der Menge, die Schilder hochhält, auf denen zu lesen steht: »Die georgische Demokratie grüßt die Oberhäupter der europäischen Demokratien!« oder »Hoch lebe die Internationale, hoch lebe der Sozialismus«. Wir rennen davon, ohne auf die Rufe unserer Mütter zu hören, wir sind außer Rand und Band. Die Ausländer kommen an Bord eines Dampfers an, belgische, englische, französische und deutsche Politiker, sie werden mit patriotischen Gesängen, mit Hochrufen und Geschrei begrüßt. Die Reden sind endlos. Meine Begeisterung flaut schließlich wieder ab, ich schlängle mich durch die Menge, ich habe die anderen verloren oder sie mich. Von weitem erkenne ich die hohe Gestalt von Tamas. Er entdeckt mich auch, er wirkt nicht erstaunt über diese Begegnung. Einen Moment lang stelle ich mir vor, dass es kein Zufall ist, dass er auf mich gewartet hat, aber das ist inmitten einer solchen Menge unwahrscheinlich. Er bahnt sich einen Weg zu mir und greift nach meiner Hand. Diesmal drücke ich seine und lasse sie nicht mehr los. Er zieht mich in eine Seitengasse. Er drängt mich gegen eine Wand, streichelt meine Wange, umfasst mein Gesicht mit beiden Händen und zieht es zu seinem hin. Er lässt mich nicht aus dem Augen, er scheint auf eine Reaktion zu lauern, sein Blick verbrennt mich, ich halte ihm meine Lippen hin. Wir küssen uns, erst ganz sanft, dann sehr heftig. Keiner von uns scheint wieder aufhören zu wollen, aber wir müssen doch einmal Luft holen. Wir sehen einander schweigend an, er drückt mich an sich, ich lege meine Arme um ihn, meine Lippen an seinen Hals, er streichelt meine Haare.

Bist du stolz auf deinen Vater?, fragt er mich später. Hast du sie gehört? Sie haben Georgien als das erste demokratische sozialistische Land der Welt begrüßt.

Und dein Vater, ist der auch Sozialist?

Ich glaube nicht, er ist Arzt. Und Georgier, er will das Beste für sein Land.

Wie soll man sicher sein, was das Beste ist?

Du hast recht, sagt er zu mir, das ist ein Ding der Unmöglichkeit, aber es gibt Menschen, die einen unerschütterlichen Glauben haben und von ihrer Überzeugung getragen werden.

Wir küssen uns wieder. Zwischen zwei Küssen flüstere ich: Wir reisen morgen zurück nach Tbilissi.

Ich weiß, sagt er.

Ich nehme es ihm übel, dass er so gelassen ist. Ich beharre: Wir werden nicht vor dem nächsten Sommer wiederkommen.

Ich weiß, sagt er noch einmal, das macht mir keine Angst, wir werden uns wiedersehen.

Ich nehme seine Antwort als ein Versprechen.

Ich werde nur noch ein einziges Mal nach Batumi zurückkommen: um ein italienisches Schiff zu besteigen und mit meiner Familie übers Schwarze Meer zu fliehen.

Als wir uns trennen, ist die Stadt ruhiger, und mir wird bewusst, dass er mich vor unser Haus zurückgeführt hat. Mir ist nicht danach hineinzugehen. Ich sehe ihm nach, ohne weinen zu können. Meine Lippen zittern noch davon, ihn geküsst zu haben. Ich höre meine Tante schreien. Ich begreife, dass Gugu gerade erst nach Hause gekommen ist, er war allein, niemand hat auf ihn aufgepasst. Ich stoße das Gartentor auf.

Sie öffnet die Familienalben nicht. Sie sitzt lieber weiter da, ohne etwas zu tun, ihre Gedanken sind ihr Beschäftigung genug. In solchen Momenten läuft und rennt sie wie früher. Sie kann überallhin gehen, ihr Gedächtnis hat keine Grenzen. Sie genießt seine Unendlichkeit. In diesem Augenblick denkt sie an nichts, sie sieht auf das Fenster, das Balkongeländer. Eine Biene setzt sich auf eine Blume. Es ist April, bald wird der Sommer kommen. Der Duft von Paris, die Atmosphäre der Straße werden sich verändern, die Gehwege werden von Stimmen widerhallen, die Tage länger werden. Alle werden in die Ferien fahren, sie wird allein in der Stadt bleiben, unter Mohameds Schutz. Vor lauter Stillsitzen ist sie durchlässig geworden für jedes kleinste Erzittern eines Blattes, für das Summen eines Insekts. Sie bemerkt Dinge, die ihr früher nie aufgefallen wären. Einen Akzent, einen besonderen Tonfall. Sie kann eine Spur von Leid oder einen Anklang von Fröhlichkeit in einer

Stimme ausmachen. Die Kinder schreien im Schulhof, es ist Pausenzeit, die Sonne dringt in den kleinen Park vor. Ihre Tage müssten sich alle ähnlich sein, so wie sie von den immer gleichen Geräuschen, von der Regelmäßigkeit des Lebens draußen gegliedert sind. Doch das ist nicht der Fall. Die Besuche bringen einen Wind von Unvorhergesehenem mit sich. Sie wartet ungeduldig darauf. Im Sommer sind es die Postkarten. Manche suchen sie sorgfältig aus. Ihre Karten haben eine starke Beschwörungsmacht. Mehr noch als Fotos. Die Wasseroberfläche, der Horizont über dem Meer, das Weizenfeld hinterm Haus, all diese Orte, die ihr nunmehr verschlossen sind.

Vor ein paar Jahren hat Reziko sie mit dem Auto ans Meer gefahren, sie ahnte, dass es das letzte Mal sein würde. Sie begann, Schwierigkeiten beim Atmen zu haben. Sie hatte gerade aufgehört zu rauchen und dachte nur an ihre Gauloises. Sie ging am Strand entlang und dachte, was das für ein idealer Moment für eine Zigarette gewesen wäre. Sie konnte den Augenblick kaum genießen. Sie hielt Reziko am Arm, setzte die Füße vorsichtig auf, sie sanken im Sand ein. Die Menschen im Badeanzug sahen zu, wie sie vorbeiliefen. Sie beneidete sie. Sie ging mit den Füßen ins Wasser. Eine Welle brach vor ihr und spritzte ihre Kleider nass. Und in der ganzen Zeit träumte sie zwanghaft von einer Gauloise, einer von denen, die aus ihr diese angezogene Frau inmitten ausgezogener Menschen gemacht hatten. Heute kann sie die Autofahrt ans Meer unermüdlich wieder vor sich abspulen. Den Geruch nach Sand, Salz und Algen einatmen. Sie sieht die Sonne über dem Feld untergehen. Sie stößt die Tür des Hauses in Batumi auf. Sie geht durch die Straßen von Tbilissi in Richtung Mtazminda. Die gleichen Wege zurücklegen, den gleichen Alleen zu den gleichen Tageszeiten folgen. Nichts ist ihr unmöglich.

Sie denkt oft daran, wie Tsiala vom Fotografieren redet. Die Lust, eine Kamera in der Hand zu halten, die Dinge nach ihrem Belieben verwandeln zu können.

Das Telefon klingelt erneut. Im gleichen Moment dreht sich ein Schlüssel im Schloss. Nestan hat eine besondere Art, hereinzukommen und die Tür wieder zuzumachen. Ihre Energie füllt die Wohnung augenblicklich aus.

Ich bin da, ruft sie, ich komme.

Sie hört, wie sie in die Küche geht, die Einkäufe ablädt. Sie nimmt das Telefon ab. Eka wünscht ihr alles Gute zum Geburtstag und ist sich nicht sicher, ob sie am Abend kommen kann. Weiß sie, ob Daredschan vorhat zu kommen? Eka weiß es nicht genau, aber sie glaubt schon. Daredschan und ihre Haltung wie auf einem Modedruck, Daredschan und ihre legendäre Eleganz, sagte Tamas. Sie beginnt sich wütend auf die Finger zu beißen, erinnert sich – gerade rechtzeitig – an den frisch aufgelegten Nagellack. Sie nimmt die Sauerstoffmaske ab, schaltet das Gerät aus, befreit sich. In der Küche ist Nestan damit zugange, den Einkaufstrolley auszuräumen. Sie lächelt ihr zu. Sie umarmen sich nicht. Die Tatsache, dass sie sich täglich sehen, enthebt sie davon. Sie ist dankbar dafür. Keine Überschwänglichkeiten.

Machen wir die *lobios*?, fragt Nestan. Ich setze die Bohnen auf.

Bring alles Nötige ins Wohnzimmer, wenn du willst, dann setze ich mich daran. Ich kann das allein machen, weißt du.

Nein, nein, ich finde es schön, wenn wir es zusammen machen, sagt Nestan.

Sie geht zurück an ihren Platz, die Türen der Küchenschränke klappern.

Kann ich dir helfen, Madame Nestan?, fragt Mohamed.

Nein danke, Mohamed, wie geht es Ihnen? Ist es besser geworden mit Ihrem Fuß?

Sie hört ihnen nicht mehr zu. Nestan bringt die Zutaten des Rezepts: die Nüsse, die Zwiebeln, das *kinzi*, die Gewürze, das *utscho suneli*. Der Geruch des Korianders fegt alle anderen hinweg. Es ist der Geruch der Küche von Tbilissi. Er hing in Bebias Kleidern. Sie knackt die Nüsse, beginnt sie zu zerstoßen.

Willst du dich nicht ein bisschen an den Sauerstoff anschließen?, fragt Nestan. Du wirkst kurzatmig.

Wenn du willst.

Nestan hilft ihr, die Maske wieder auf die Nase zu setzen, während sie die Hände in der Schüssel behält. Unmöglich, sie nach den Wattebäuschen zu fragen, um Abdrücke zu vermeiden. Sie arbeiten im Rhythmus des brummenden Sauerstoffgeräts.

Hast du dir Salomes Reportage angeschaut?, fragt Nestan.

Natürlich.

Salome, Nestans älteste Tochter, ist Journalistin beim Fernsehen, sie hat kürzlich illegale Einwanderer gefilmt, die in den Hungerstreik getreten waren.

Es war gut, nicht?, sagt Nestan.

Ja, sie versteht es, die richtigen Fragen zu stellen. Wie wird es jetzt weitergehen, wo sie schwanger ist?

Was meinst du? Ihre Stelle ist nicht bedroht, sie wird Mutterschaftsurlaub nehmen, das ist alles, antwortet Nestan.

Aber danach? Sie wird sich doch um das Baby kümmern müssen?

Ja, und sie wird auch arbeiten, so wie es heute viele junge Frauen machen.

Umso besser, aber ich verstehe das nicht ganz. Ein Kind ist doch in seiner Familie immer am besten aufgehoben.

Es wird in seiner Familie sein, sagt Nestan. Schließlich sind wir heute Abend vierzig.

Einundvierzig dann also, es soll noch ein alter Freund dazukommen, Tamas, weißt du.

Tamas!, antwortet Nestan, du …?

Sie unterbricht sie, gibt zu bedenken, dass vierzig für ihre kleine Wohnung vielleicht zu viel sind.

Seit wann macht dir die Zahl der Gäste Sorgen?, meint Nestan.

Es stimmt, dass sie immer zahlreich sind, ihre Feste werden dafür geschätzt. Sie sind zahlreich und fröhlich, eine Familientradition. Beinahe eine Verpflichtung.

Eka hat angerufen, sie kommt vielleicht nicht. Bist du sicher, dass Daredschan kommt?, fragt sie.

Ja, keine Angst, es wird sie jemand abholen.

Tamas hätte sich einen anderen Moment für seinen Besuch aussuchen können. Einen einsamen Tag. Er ist Treffen unter vier Augen oft aus dem Weg gegangen.

Mist, sagt Nestan, ich fürchte, es ist nicht scharf genug gewürzt, die *lobios* missraten mir immer.

Aber dir gelingt das *chatschapuri* am besten.

In der Küche der Wohnung in Tbilissi gehen Leute ein und aus. Das Fenster steht weit offen. Von der Straßen dringt Gelächter herein, dann das Klappern von Pferdehufen auf dem Pflaster. Ich stelle mich auf die Zehenspitzen, um die Kutsche vorbeifahren zu sehen. Es ist mein Lieblingsgespann, das eleganteste.

Alle Pferde sind anmutig, sagt Thea, das ist keine Frage des Gespanns.

Ich verlasse meinen Beobachtungsposten und gehe zurück an den Tisch, ich zeichne. Ich skizziere die Bewegungen der Pferde. Ich stehe wieder auf, sehe die Kruppe der Pferde noch um die Ecke biegen. Thea knetet den Teig für das *chatschapuri*.

Also, sagst du es mir? Wovon hast du geträumt?, fragt Thea.

Nein, ich muss dir nicht alles sagen.

Das ist ungerecht, ich sage dir alles, sagt meine Schwester.

Das ist deine Sache. Ich will das nicht.

Ich lüge ein wenig, ich sage ihr sehr vieles. Aber ich will nicht, dass sie es weiß. Das ist eine Sache, die ich ihr verheimliche. Sie senkt den Kopf, verschwindet in der Schüssel, hält ihre Tränen zurück. Bebia kommt herein und sagt, wir sollen uns beeilen. Deda folgt ihr gleich darauf, sie streicht uns mechanisch übers Haar, aber ihr Blick fixiert einen Punkt hinter uns. Meine Mutter ist besorgt. Wir haben gehört, wie sie es zu Bebia gesagt hat. Es steht unmittelbar bevor, wiederholen sie. Thea rückt an mich heran, ihre Schulter stößt gegen meine, ich wehre sie nicht ab. Deda hat uns ein paar knappe Erklärungen gegeben: Die Russen hatten Georgien fest in der Hand, aber es hat Aufstände gegeben, Transkaukasien, ein Zusammenschluss der Länder des Kaukasus. Unser Vater und seine Partei bilden eine Regierung, die die Unabhängigkeit des Landes erklären wird. Deshalb wird er für ein paar Tage nicht da sein.

Die Nächte erscheinen lang ohne meinen Vater. Thea schläft vor mir ein, ich rede im Dunklen allein vor mich hin, ehe ich merke, dass sie eingeschlafen ist. Ich lausche ihrem Atem, bis ich schließlich auch in Schlaf sinke. Morgens steht sie vor mir auf und räumt im Zimmer herum. Wenn ich die Augen öffne, ist sie schon in der Küche. Ihre Stimme vermischt sich mit denen von Bebia und Deda. Mein Großvater ist auch da, aber er ist still, er redet morgens beim Aufwachen nicht gern. Wir essen *chatschapuri* mit einem Spiegelei darauf, bevor wir zur Schule aufbrechen. Meine Großmutter bringt uns hin. Wir machen vor dem Haus unserer Cousins und Cousinen halt und warten auf sie. Irakli ist spät dran. Daredschan und Eka sind überdreht, Gugu friert. Bebia wickelt ihn in ihr Umschlagtuch, er will es nicht, wehrt sich dagegen. Irakli kommt endlich heraus, macht sich über Gugu lustig und legt ihm das Tuch wieder um die Schultern, Gugu friert nicht mehr und rennt schreiend davon. Meine Großmutter läuft hinter ihm her, sie kann nicht mehr rennen, eine von uns erbarmt sich und fängt Gugu schließlich ein. Wir erreichen die Schule, die Jungen gehen zur einen Seite, die Mädchen zur anderen. Ich kann nicht widerstehen, gebe Gugu einen Kuss. Man macht sich über uns lustig, wir tragen alle die gleichen, von Bebia genähten Kleider und dazu passende kleine Hüte. Ich bin in der gleichen Klasse wie Daredschan. Ich habe keine Freundinnen. In der Pause bleibe ich bei ihr oder gehe zu Thea und Eka.

Ich gehe selten allein in unser Versteck, aber eines Tages steht die Frau aus dem Erdgeschoss vor dem Haus und weint. Um ihr aus dem Weg zu gehen, verstecke ich mich.

Was ist denn los, Ida?, wird sie von einer Freundin gefragt.

Er war seit drei Tagen nicht da, ich habe keine Nachricht, er wird nicht mehr kommen, antwortet die Nachbarin.

Seine Frau hat alles herausgefunden!, ruft ihre Freundin aus.

Nein, nein, es ist viel schlimmer, sagt die Nachbarin. Ich spüre es, sie haben ihn verhaftet, er würde mich sonst nicht ohne Nachricht lassen. Er wird deportiert werden, das werde ich nicht ertragen können. Ich will nicht ohne ihn leben.

Mir wird es eiskalt von ihren Worten, ich verbiete mir jede Bewegung. Ich weiß, dass sie mich in das Versteck hat hineingehen sehen.

Es ist ernst, wiederholt sie.

Mir ist, als würde sie sich nur an mich wenden.

Man muss aufpassen, sie sind hinter uns her.

Ich spüre, wie etwas an meinen Beinen hinabfließt, ich fasse mir an den Oberschenkel und halte einen Schrei zurück, als ich entdecke, dass meine Hand voller Blut ist. Ich beginne zu zittern. Die Nachbarin und ihre Freundin sind verstummt, aber es dringen andere Stimmen von der Straße zu mir. Ich kann nicht heraus, ohne gesehen zu werden. Ich bin gefangen. Man wird mich tot in einer Blutlache wiederfinden. Da erklingt Dareschans Stimme.

Guten Tag, Ida, hast du Tamuna gesehen?

Ich halte die Luft an.

Ja, antwortet sie, ich glaube, sie ist mit deiner Großmutter zum Markt gegangen.

Ich atme auf. Ein paar Augenblicke später nähert sich die Nachbarin und sagt: Was treibst du denn da, kommst du heraus?

Ich murmele: Ich kann nicht.

Was hindert dich daran?, fragt sie.

Ich antworte nicht.

Habe ich dir mit meinen Geschichten Angst gemacht?, bohrt sie nach.

Nein, nein, das ist es nicht, aber ich kann nicht herauskommen, ich blute.

Mein Gott, du bist verletzt.

Nein, es ist etwas anderes, das Mädchending.

Ach so! Warte, ich komme gleich wieder.

Sie verschwindet und erscheint dann wieder, sie verrenkt sich, um zu mir hereinzuschlüpfen, sie reicht mir einen Krug voll Wasser, saubere Wäsche und eine Binde.

Ist es das erste Mal? Soll ich dir helfen?, fragt sie mich.

Bloß nicht.

Sie ist so taktvoll, nicht weiter zu drängen, und lässt mich allein zurechtkommen. Als ich endlich aus meinem Versteck hervorkomme, wage ich es nicht, ihr in die Augen zu schauen. Ich flüstere einen Dank.

Welche bist du noch einmal?, fragt sie mich.

Tamar. Ich meine, Tamuna.

Also Glückwunsch, Tamuna, sagt sie zu mir, du bist jetzt eine Frau.

Ich finde sie plötzlich lächerlich.

Ich will keine Frau sein.

Sie lächelt, ihre Augen stehen voller Tränen.

Es tut mir leid, wegen Ihrem Freund, sage ich.

Sie kneift mich in die Wange, ich weiche zurück, sie wirkt gekränkt. Es ist zu spät, um es zurückzunehmen, sie dreht sich um und geht mit ihrem Krug die Treppe wieder hinauf. Ich rufe: Danke noch einmal, auf Wiedersehen.

Ich bezweifle, dass die Nachbarin die Szene irgendjemandem aus der Familie erzählt hat, und doch scheint sich die Neuigkeit herumgesprochen zu haben, noch ehe ich sie auch nur in Worte fassen konnte.

Dann ist es also so weit, du hast sie, sagt Thea zu mir.

Komm, sagt Bebia, ich muss mit dir reden.

Ich weigere mich, ihr zu folgen, ich will nicht darüber reden.

Sei nicht albern, sagt Deda, wir müssen dir gewisse Dinge erklären, dazu sind wir da.

Ich bleibe stur. Das Schlimmste kommt, als wir alle sechs Cousins und Cousinen wieder zusammentreffen. Eka mustert mich lächelnd, Daredschan meidet meinen Blick, Irakli ruft aus: Wer hätte gedacht, dass Tamuna die Erste sein würde, wie, Daredschan? Dabei bist du die Ältere.

Die Erste, wobei denn?, fragt Gugu. Sagt es mir.

Das ist kein Thema für Jungen, meint Daredschan.

Stimmt, pflichtet Eka ihr bei.

Da beeilt sich Irakli, Gugu einen Vortrag über das Wesen der Frauen zu halten. Ich will nichts mehr davon hören, ich renne davon.

Was wirst du heute Abend anziehen?, fragt Nestan.

Sie beschreibt das Kleid. Nestan holt es aus dem Schrank und legt es auf ihr Bett.

Sie nimmt erneut die Sauerstoffmaske ab und sie gehen ins Badezimmer, Nestan wäscht ihr die Haare, trocknet und frisiert sie. Es klingelt an der Tür. Mohamed geht öffnen. Rezikos Stimme hallt durch die Wohnung. Sie stößt einen Ruf aus.

Reziko erscheint auf der Schwelle.

Wie schön ihr seid.

Er umarmt sie und streckt ihr einen riesigen Rosenstrauß entgegen.

Alles Gute zum Geburtstag.

Sie sind wunderschön. Du bist gekommen!

Das ist alles, was dir dazu einfällt, sagt Reziko, und ich dachte, ich würde dir eine solche Überraschung bereiten.

Ihr fällt keine Antwort ein. Sie ist wirklich glücklich.

Was macht das Sauerstoffgerät im Wohnzimmer?, fragt er.

Nestan macht ihrem Bruder irgendwelche Zeichen.

Ich sehe dich, sagt sie, intrigiert nicht hinter meinem Rücken.

Sie gehen ins Wohnzimmer hinüber.

Wie wär's mit Mittagessen?, fragt Reziko. Ich gehe uns etwas kaufen.

Einverstanden, sagt Nestan. Hast du Hunger, Mama?

Sie wäre unfähig, irgendetwas herunterzubringen, aber sie nickt. Nestan verrückt einen Bücherstapel, das Kartenspiel, um Rezikos Blumenstrauß vor sie zu stellen. Mohameds Rose wirkt plötzlich winzig. Nestan steckt sie in die Mitte des Straußes in der Vase. Sie richtet sich auf, um zu protestieren, begegnet jedoch Mohameds ruhigem Blick, dem nichts entgangen ist, und verzichtet darauf. Die Vase verstellt ihr den Blick auf ein Stück Balkon, sie schiebt sie etwas weiter und legt ihre Sachen zurück an ihren Platz.

Mama, du bist schrecklich, sagt Nestan, du wirst es doch wohl aushalten können, dass man irgendetwas in diesem Haus verrückt, außerdem müssen wir jetzt sowieso den Tisch decken.

Bevor sie den Tisch deckt, räumt sie ihre Sachen immer an einen bestimmten Platz auf der Anrichte. Aber das behält sie wohlweislich für sich.

Außerdem steht die Vase zu nah am Rand, sagt Nestan und streckt die Hand aus, sie wird …

Die Vase fällt mit Getöse auf das Parkett und zerbricht. Die Rosen auf dem Boden wirken inmitten der Scherben plötzlich welk.

Vielen Dank, sagt Reziko zu seiner Schwester.

Das ist Mamas Schuld, protestiert Nestan, sie hat die Vase verrückt.

Natürlich, brummt Reziko.

Sie steht abrupt auf.

Seid still, ihr seid nicht mehr zehn Jahre alt.

Sie bekommt einen Hustenanfall und fällt auf den Stuhl zurück, ohne sich jedoch beherrschen zu können. Mohamed läuft herbei, klopft ihr auf den Rücken. Der Husten lässt nach.

Es kehrt wieder Stille ein. Reziko und Nestan wirken wie versteinert. Dann beleben sie sich blitzartig. Reziko bückt sich, um die Scherben aufzuheben, Nestan rettet die Rosen und greift nach dem Staubsauger. Reziko zieht seine Jacke wieder an, um etwas zum Mittagessen einzukaufen. Mohamed deckt den Tisch für drei.

Wollen Sie sich nicht mit uns an den Tisch setzen? Zu meinem Geburtstag?

Nein, danke, Madame Tamuna, antwortet Mohamed.

Er nimmt ihre Einladungen nie an.

Sie können gehen, wenn Sie wollen, sagt Nestan, wir kommen schon zurecht.

Ja, gehen Sie sich ausruhen. Danke, Mohamed.

Er beugt sich vor, um ihr die Hand zu küssen.

Danke, wiederholt sie, danke für alles.

Nestan bringt ihn zur Tür. Sie schlägt Rezikos Zeitung auf, während sie auf seine Rückkehr warten. Sie ist glücklich über dieses ungeplante Mittagessen mit ihren Kindern, sie müsste es ihnen sagen. Aber sie weiß schon, dass sie es nicht tun wird.

Wie steht es mit dir und Hélène?, fragt Nestan ihren Bruder, als sie alle drei am Tisch sitzen.

Es geht besser, antwortet Reziko, die Dinge sind klarer, seitdem jeder für sich wohnt, ich glaube, die Kinder fühlen sich so auch wohler. Für Tariel ist es schwieriger, weil er vom einen zum anderen pendelt. Er ist übrigens mit mir in Paris, Mama, er wird heute Abend da sein.

Das ist eine gute Nachricht.

Ich glaube, für Tsiala ist es ebenfalls schwierig, auch wenn sie schon aus dem Haus ist, sagt Nestan.

Sie spürt, wie Reziko sich auf seinem Stuhl anspannt.

Ich habe jemanden kennengelernt, sagt er. Und sofort darauf, an seine Schwester gerichtet: Ich bitte dich nicht um deine Zustimmung, ich wollte nur, dass du es weißt.

Ich urteile nicht über dich, sagt Nestan.

Nein, niemand urteilt über dich, sagt sie, erzähl uns von dieser Frau.

Sie ist Anwältin wie ich. Und Armenierin.

Das ist gut, sagt sie.

Warum sagst du das?, fragt Nestan.

Ich weiß nicht, es ist besser, du hast auch einen Georgier geheiratet, hilft das nicht ein bisschen?

Sie blicken sie streng an, plötzlich wieder einig.

Sie ist Armenierin, Mama, wiederholt Reziko.

Und du und Papa, ihr wart Georgier, fügt Nestan hinzu.

Ihr habt recht, es ist dumm. Vergesst, was ich gesagt habe.

Erzähl weiter, sagt Nestan zu Reziko.

Die Stimmung hat sich aufgelockert. Sie wirken plötzlich vergnügt. Sie probieren das Gebäck, das Reziko mitgebracht hat.

Ich dachte, ich könnte sie heute Abend mitbringen, Tsiala und Tariel haben sie schon kennengelernt, sie sind einverstanden.

Es entsteht eine Pause. Sie wartet gespannt auf Nestans Reaktion.

Gut, sagt ihre Tochter, dann sind wir mit deiner Freundin und deinem Sohn also dreiundvierzig.

Das Schiff legt in einer südlichen Stadt an. Ich habe Angst, mich zu verirren. Ich staune über den Staub, den Lärm und die vielen Menschen. Wir mieten bei alten Freunden meines Vaters ein Zimmer. Es riecht modrig und feucht, es erinnert mich an unser Versteck unter der Treppe. Deda, Thea und ich schlafen im großen Bett mit der ganz durchgelegenen Matratze. Nachts rutsche ich auf Deda, ich habe Angst, Thea aus dem Bett zu stoßen. Mein Vater schläft in einem Sessel am Fußende des Betts, die Beine auf unseren Koffern. Manchmal legt er sich noch einmal ins Bett, wenn wir aufgestanden sind, und schläft wieder ein. Tag für Tag sind wir mit den Kindern der anderen Mitglieder der Exilregierung zusammen, denen wir vorher nie begegnet waren. Thea freundet sich leicht mit Gleichaltrigen an. Ich ziehe mich zurück, mir fällt diese erzwungene Nähe schwer. Ich denke an Tamas, ich habe ihm nicht Bescheid sagen können, ich schmiede alle möglichen Pläne, um ihn wiederzusehen. Werden wir nächsten Sommer zurück sein? Es scheint, als wäre dieses Thema tabu. Oder niemand weiß es.

Ein Junge interessiert sich für mich, er sieht gut aus, hat dickes, lockiges Haar, er heißt Stanko. Ich gehe ihm aus dem Weg, das passiert ihm sicher nicht oft. Am Ende wendet er sich einer anderen zu und fasst eine Abneigung gegen mich. Das bringt er mit kleinen Gemeinheiten deutlich zum Ausdruck. Ich finde keinen Platz im Schatten, ich bekomme nichts mehr zu trinken, ich werde bei allen Ausflügen ausgegrenzt. Es ist mir egal, Tamas' Gegenwart in meinen Gedanken schützt mich vor allem. Ich habe Bebia beauftragt, seine Adresse herauszufinden, ich habe ihr erklärt, wie wichtig es ist, ich weiß, dass sie es tun wird. Die Sonne prallt vor unserem Fenster herab, ich bedaure, dass ich meinen Hut mit den Bändern nicht mitgenommen habe. Wir gehen spät ins Bett, die Hitze lässt mit einem Schlag nach, die Nächte sind kühl. Ich finde keinen Schlaf. Ich stehe auf und gehe hinaus, obwohl Deda es uns verboten hat. Die Treppe ist wackelig, ich habe Angst, dass sie unter meinen Schritten einbricht. Mein Vater sitzt auf den untersten Stufen.

Was machst du, *genatswale*? Nachts ist es draußen gefährlich.

Er macht mir neben sich Platz. Ich fröstele, der Himmel ist schwarz, sternenlos. Er zieht seine Jacke aus und legt sie mir über die Schultern.

Wir werden nicht lange hier bleiben, sagt er, wir gehen nach Paris, davon hast du doch geträumt.

Warum nach Paris? Warum nicht zurück nach Hause?

Später. Wir werden sicher eine Weile in Frankreich bleiben müssen, bis sich die Lage beruhigt hat, also machen wir besser etwas daraus.

Und du? Freust du dich, nach Paris zu gehen?

Er sagt nichts, ich weiß nicht, was er empfindet, ich mache mir Vorwürfe, dass ich mir nicht früher Fragen gestellt habe. Ich möchte die verlorene Zeit aufholen. Er fährt mir mit der Hand durch die Haare, wie in Tbilissi, wenn wir uns in unseren schlaflosen Nächten begegneten. Das Ritual tut mir gut. Ich werde morgen mit ihm reden, dann werde ich die richtigen Worte finden. Er sagt: Mach dir keine Sorgen, nichts ist verloren, wir sind weggegangen, um weiterkämpfen zu können für unser Land. Für die Freiheit. Wir werden weitermachen und stärker als vorher zurückkehren.

In den folgenden Tagen oder Monaten erteilt ein Mann uns Französischunterricht. Wir haben keine Nachricht von Bebia und Babu, auch nicht von meinem Onkel, meiner Tante und meinen Cousins und Cousinen. Ich bekomme Tamas' Adresse nicht.

Wir nehmen einen weiteren Zug. Er ist überfüllt, die Fahrt ist lang. Thea übergibt sich auf Deda. Ich springe auf.

Tamuna, bleib hier.

Ich gehe weg, sie stinken alle beide. Ein paar Minuten später kommt mein Vater mir nach. Er nimmt mich am Arm und sagt: Mach dich darauf gefasst, meine Prinzessin, du wirst noch ganz andere Sachen erleben.

Die Warnung steht im Widerspruch zu dem besänftigenden Griff um mein Handgelenk. Ich frage: Warum sind die anderen in Georgien geblieben? Warum sind wir die einzigen, die weg mussten? Es ist wegen dir. Worin hast du dich da eingemischt?

Ich denke an Bebia und Babu. Ich stelle mir die Besorgnis meiner Großeltern vor.

Es ist wahr, sagt mein Vater. Ich mache Politik, ich habe euch mit hineingezogen, aber ich werde mich nicht bei dir entschuldigen, und wenn ich noch einmal vor der Entscheidung stünde, würde ich genauso handeln.

Du machst es dir einfach, für dich ist es egal, du hast keine Familie mehr und streitest dich mit allen.

Meine Familie seid ihr, antwortet er, und ich will, dass ihr glücklich seid.

Ich hasse dich. Das flüstere ich, ich weiß nicht, ob er es gehört hat. Er legt mir die Hand auf den Nacken, drückt ihn leicht und zwingt mich sanft, zurück zu meiner Mutter und meiner Schwester zu gehen. Sie haben sich saubergemacht, aber der Geruch ist noch da. Wir finden Sitzplätze, und ich bin gezwungen, dicht an Thea heranzurücken. Ich nehme meinen Hut ab und stecke die Nase hinein.

Warum zieht ihr euch nicht um? Es ist für alle unangenehm.

Wir können nicht, mein Schatz, sagt Deda, du siehst doch, dass es hier keine Möglichkeit gibt, die Koffer zu öffnen.

Sei still, Tamuna, es ist für deine Mutter schon schwierig genug, sagt mein Vater.

Mir wird klar, dass Deda auch nicht perfekt ist. Das müsste mich freuen. Ihre Vollkommenheit ist eine Sache, die ich ihr oft vorgeworfen habe. Aber ich möchte einfach nur, dass alles normal ist. Thea döst gegen Deda gelehnt, sie öffnet die Augen, unsere Blicke begegnen sich, und ich versuche, den meinen verächtlich und hart wirken zu lassen. Sie zuckt die Schultern und vergräbt ihr Gesicht in den übelriechenden Falten von Dedas Mantel. Mir wird schlecht. Ich fixiere einen Punkt im Bart meines Vaters. Einen Krümel.

Paris ist nicht die Stadt, die ich mir vorgestellt hatte. Ich suche vergeblich nach der in Bebias Büchern beschriebenen Schönheit. Ein Freund von Papa erwartet uns. Ich erkenne ihn wieder. Es ist Ramas. Er ist der Bruder eines der Mitglieder der Regierung. Er fährt ein Taxi. Auf den Gehwegen drängt sich die Menge, die Häuser sind groß, schön glaube ich nicht.

Der Vorteil, Taxifahrer zu werden, sagt er lachend, ist der, dass ich Paris jetzt kenne wie meine Westentasche. Seht nur, wie herrlich es ist.

Ich flüstere meinem Vater zu: War er nicht Professor an der Universität?

Mein Vater tut so, als habe er nichts gehört. Durch die Fenster sehe ich nichts als Staubwolken, vorbeiziehende Steine, einen grauen Himmel.

Mein Gott, ruft Deda aus, da ist Notre-Dame de Paris.

Ich habe Victor Hugo gelesen. Ich beuge mich aus dem Fenster. Das Wasser der Seine ist schwarz und glänzend. Ich erblicke zwei gespenstische Türme. Ich weiß nicht, was ich empfinde. Thea ist begeistert. Ramas hält sein Taxi an, wir steigen aus und blicken zum Himmel und der Kathedrale empor. Wir steigen wieder in den Wagen, niemand sagt mehr etwas. Die Fahrt kommt mir lang vor, die Straße plötzlich sehr gerade.

Wohin fahren wir? Sind wir noch in Paris?

Nein, wir haben Paris verlassen, antwortet Ramas, wir fahren nach Leuville-sur-Orge, ihr werdet sehen, das ist ein sehr hübscher Ort, ihr bekommt eine Wohnung im Schloss.

Mir entfährt ein Schrei, den ich sofort unterdrücke.

Aber Papa, jammert Thea, du hast doch gesagt, wir würden in Paris leben.

Ich wusste damals noch nicht, antwortet unser Vater, dass die Regierung ein kleines Schloss kaufen würde, um uns alle unterzubringen.

Das ist ungerecht, du hattest Paris gesagt, schluchzt Thea.

Wen alle?

Seid still, Mädchen, Papa hat das Bestmögliche getan, sagt Deda.

Thea weint noch lauter.

Ich lasse nicht locker: Wen alle?

Die anderen Mitglieder der Regierung und ihre Familien, antwortet mein Vater. Und jetzt Ruhe.

Thea schnäuzt sich laut.

Wie? Wir können nicht mehr mit Bebia und Babu leben, wir haben unsere Cousins und Cousinen zurückgelassen, und jetzt müssen wir mit diesen Leuten zusammenleben, ich mag sie nicht, ich möchte …

Ruhe, Tamuna, schreit mein Vater.

Seine Stimme ist laut und dröhnend. Wir schweigen. Die Nacht bricht herein.

Wir leben im Schloss von Leuville. Es ist kein echtes Schloss, eher ein großes Haus, in Wohnungen unterteilt und von einem Park umgeben. Wir werden mit den anderen Kindern der Regierung in der Schule der Nachbarstadt angemeldet. Wir versuchen Französisch zu lernen, wir helfen uns gegenseitig. Unsere Eltern können nichts tun. Sie gehen verschiedenen kleinen Arbeiten nach, bei denen es nicht nötig ist, die Sprache zu beherrschen.

Wir gewöhnen uns an Leuville, der Garten ist groß und tröstlich, wir treffen dort die anderen wieder, finden Freunde. Mehr als in der Schule, wo wir abseits bleiben. Ich traue mich nicht, mit den französischen Schülern zu sprechen, und sie interessieren sich nicht für uns. Stanko, der Junge, den ich verabscheute, lässt keine Gelegenheit aus, mit mir zu reden. Ich vergesse die Gründe für meine Abneigung. Ich finde es angenehm, einen Jungen zum Freund zu haben. Sonntags stellen wir im großen Saal des Schlosses oder draußen, wenn das Wetter es erlaubt, lange Tafeln auf. Zu unseren *keipis* kommen viele Leute zusammen, alte und junge, die Georgier von Leuville und die aus Paris, die frisch emigriert sind. In den Trinksprüchen kommt immer die Hoffnung auf eine Befreiung Georgiens zum Ausdruck. Auch wenn unsere *tamadas* nicht unbedingt alle der gleichen politischen Richtung angehören, scheinen sie sich fern der Heimat auf diesen Punkt einigen zu können. Wir hören ihnen zu, stehen auf, singen. Ich stoße mit Stanko an, ich darf ein bisschen Wein trinken, er steigt mir zu Kopf. Nachmittags verstreuen wir uns im Park, wir spielen mit den Kleineren, glücklich, wieder zu Kindern zu werden. Das sind kleine Atempausen, in denen wir im Hier und Jetzt leben.

Ich setze durch, dass wir Paris besichtigen. Ramas fährt uns eines Nachts in seinem Taxi hin. Diesmal sieht die Stadt aus wie auf den Postkarten, wir fahren mit offenen Fenstern und schreien: *Vive Paris*.

Unser Vater lässt uns gewähren. Er und Ramas beginnen zu singen. Während ich ihnen zuhöre, kommt es mir vor, als sei nichts passiert. Die Traurigkeit überfällt mich oft mitten in der Nacht. Ich möchte meine Cousins und Cousinen sehen, mit Bebia im Bett schlafen, meinen Großvater schnarchen hören. Ich gehe in den Park hinaus, alles ist ruhig, der Duft des Grases vermischt sich mit dem der Buchsbäumchen entlang der Alleen. Ich gelange ans Ende des kleinen Pfades und setze mich auf die Brücke über der Eselwiese. Sie wird so genannt, weil dort ein kleiner grauer Esel friedlich vor sich hin lebt. Ich raffe mein Nachthemd und lasse beide Beine ins Leere baumeln. Ich schwinge sie im Rhythmus eines Kinderliedes, das ich vor mich hin singe. Da taucht mein Vater auf. Ich hatte ihn nicht kommen sehen. Wir schweigen eine Weile.

Hübsch hier, stellt er fest.

Wie lange werden wir noch hier bleiben?

Ich hätte gern eine Antwort, sagt mein Vater, aber die Lage ist heikel, du musst geduldig sein.

Nichts wird wieder so werden wie vorher.

Wahrscheinlich nicht.

Er nimmt meine Hand, umfasst sie mit seiner, die groß und breit ist. Er führt sie an seine Lippen.

Erklär mir mehr.

Hör auf, alles erklären zu wollen, sagt er. Du weißt doch, dass deine Mutter euch von all dem fernhalten möchte.

Ich lasse nicht locker.

Die Bolschewiken haben Georgien besetzt, sie wollen eine Einheitspartei für alle kaukasischen Republiken, es ist nicht sicher, dass ihnen etwas an Georgiens Schicksal liegt. Wenn man sie gewähren lässt, wird das Los des Landes untrennbar mit dem Russlands verbunden sein. Doch die Sozialdemokraten haben noch Anhänger im Land. Es muss gehandelt werden, ehe es zu spät ist.

Er verstummt, ich blicke ihn fragend an, er betrachtet mich lange, sein angedeutetes Lächeln schlägt in eine Grimasse um.

Ich werde heimkehren, sagt er, es wurde jemand gebraucht, ich bin dazu bestimmt worden, ich werde kämpfen.

Wann? Weiß Deda davon?

In ein paar Tagen. Ja, Deda weiß es, sie ist nicht einverstanden, aber ich muss es tun, verstehst du?

Ich bin stolz, dass er mich ins Vertrauen zieht. Ich nicke.

Und dann?

Dann, wenn alles gutgeht, sagt er, werdet ihr nach Hause kommen. Wenn nicht, komme ich zu euch zurück, und wir führen den Kampf von hier aus weiter. Wir werden uns nicht geschlagen geben.

Schwörst du es?

Ich verspreche es dir.

Wir gehen zurück, um ins Bett zu gehen. Ein Licht brennt, Deda schläft nicht, sie wartet auf uns.

Der Jardin du Luxembourg gefällt mir auf Anhieb. Die Rasenflächen, die blumengesäumten Alleen, die Statuen, die großen Bäume, die sich neigen, der Senatspalast, alles ist schön. Stankos Familie nimmt uns eines sonnigen Nachmittags mit hin. Wir gehen schnell, zu schnell für meinen Geschmack, ich möchte mir Zeit nehmen, um jedes Detail zu betrachten.

Beeil dich, sagt Thea zu mir, wir kommen ein anderes Mal wieder.

Sie und ihre Freundinnen laufen voran. Ich hole sie ein. Unsere Eltern gehen hinter uns. Ich werde wieder langsamer, als ich laute Stimmen höre. Mein Vater und Stankos Vater streiten sich.

Das Land ist von den Russen annektiert, schreit Stankos Vater. Du hast den Verstand verloren.

Mein Vater hebt eine Hand und wechselt die Richtung. Ich sehe seine einsame Gestalt hinter einer Baumgruppe verschwinden. Ich stürze ihm nach.

Tamuna, komm zurück, ruft Deda.

Ich finde meinen Vater. Er hat sich im Schatten eines Baumes auf einen Stuhl gesetzt. Ich stehe vor ihm.

Sie sagen dir, dass es gefährlich ist, nicht? Es ist zwangsläufig gefährlich, warum wären wir sonst weggegangen?

Ich schreie fast, ich kontrolliere meine Stimme nicht mehr, sie überschlägt sich. Er antwortet nicht, er bedeutet mir, mich zu setzen, ich spüre, dass auch er darum ringt, seine Ruhe wiederzuerlangen. Ich gehe ein paar Schritte, ziehe mit den Füßen einen Kreis auf den Boden. Er steht plötzlich auf und sagt: Hör auf damit, lass uns wieder zu den anderen gehen.

Ein paar Wochen später holt er einen der Koffer aus einem modrigen Wandschrank. Der Geruch erfüllt das ganze Wohnzimmer. Deda hilft ihm, sie reicht ihm seine Kleider, ein paar Bücher. Thea kommt herein. Sie zieht einen kleinen Schlüssel aus ihrer Tasche und streckt ihn unserem Vater hin.

Was ist das?, fragt er sie.

Das ist der Schlüssel zu meinem kleinen Schrank, darin sind meine Puppen und ihre Kleider. Ihr hattet mir gesagt, ich soll nur eine einzige mitnehmen. Ich habe euch gehorcht, aber jetzt will ich die anderen wiederhaben.

Ich rufe aus: Thea, du bist doch aus dem Alter heraus, mit Puppen zu spielen.

Sie hört nicht auf mich, stößt mich beiseite, um sich an unseren Vater zu drücken. Er und Deda tauschen einen bedeutungsschweren Blick aus. Er kniet vor Thea nieder, er schließt ihre Hand wieder um den kleinen Schlüssel, ich wende mich ab, um die Szene nicht mit anzusehen.

Genatswale, sagt er, es ist mir lieber, du bewahrst diesen Schlüssel sorgsam auf, ich werde versuchen, dir deinen Schrank mitzubringen, er ist klein und leicht, du wirst ihn selbst öffnen.

Thea nickt, dicke Tränen laufen ihr über die Wangen, sie schluchzt und sagt: Ich will Bebia, ich will Bebia. Deda nimmt sie in die Arme, sie wehrt sich und wirft sich in die unseres Vaters. Er streichelt ihr den Kopf, dann schiebt er sie sanft weg, zurück in die Arme meiner Mutter. Diesmal lässt sie es zu. Er geht auf mich zu. Ich weiche zurück und murmele für mich selbst: Bleib bei uns. Ich weiß nicht, ob er es hört. Er nimmt mich in die Arme, ich entziehe mich. Ich drehe mich auf der Schwelle zu ihm um und sage: Ich hasse dich. Wirklich. Ich hasse dich.

Er verzieht keine Miene. Ich gehe hinaus und setze mich vor das Fenster, es sind viele gekommen, um ihn zu begleiten, zu beglückwünschen, ihm Papiere mitzugeben, Empfehlungen. Er versucht nicht, zu mir zurückzukommen. Er steigt ohne einen Blick ins Auto.

Wir warten auf Nachrichten. Die vergehenden Tage sind wie lauter Steine, die sich in mir ansammeln. Ich lebe mit diesem Gewicht im Inneren. Manchmal steigt es in meine Brust auf und nimmt mir die Luft.

Es ist normal, keine Nachrichten zu haben, sagen sie, die Verbindungen sind abgeschnitten. Das muss nicht unbedingt Schlechtes bedeuten.

Ich höre von Aufstand reden, von blutiger Niederschlagung. Ich wende mich an Noe Schordania, den früheren Präsidenten.

Was bedeutet das? Haben wir gewonnen oder ist es zu Ende? Was ist mit ihm passiert? Sie müssen es doch wissen.

Er weiß nichts.

Um meinen Vater wird es still. Sogar Deda schweigt. Ich belausche Gespräche. Die Bolschewiken haben Georgien besetzt, sie haben Batumi eingenommen, das war die letzte Stadt, die fiel.

Es ist ein Tag der Trauer, heißt es.

Sie haben ihn in den Tod geschickt.

Ich bin mir sicher, sie sprechen über meinen Vater. Es ist ein scharfer Schmerz, aber ich dränge ihn zurück. Ich will ihn nicht. Ich lauere auf ein Zeichen von Deda. Sie ist die Einzige, der ich zuhören würde. Aber sie sagt nichts, sie schminkt sich weiter mit der gleichen Sorgfalt, ihre Schönheit welkt nicht. Nur ihr Blick wird dunkler. Wir werden lange warten müssen, ehe wir etwas erfahren.

Eines Abends, als wir aus der Schule kommen, empfängt Deda uns strahlend, sie sagt: In der Küche wartet eine Überraschung auf euch.

Wir stürzen los, überzeugt, unseren Vater vorzufinden.

Gugu wirft sich in meine Arme. Der Schock ist so heftig, dass ich eine Weile brauche, um zu begreifen. Sie sind da: Irakli, Gugu, Daredschan und Eka mit meinem Onkel und meiner Tante. Wir umarmen uns unablässig, wir stoßen Freudenschreie aus. Wir betrachten einander, wir sind groß geworden, haben uns verändert, vor allem Gugu.

Ihr seid jetzt junge Mädchen, junge Männer, sagt mein Onkel.

Gugu, du bist so groß, du machst mir Angst, sagt Thea und erdrückt ihn fast.

Wir gehen in den Garten hinaus und beginnen zu rennen. Wir führen sie durch den ganzen Park, wir zeigen ihnen die Obstbäume, den kleinen Pfad, den Esel und das Kürbisfeld.

Bebia und Babu geht es gut, aber sie wollten das Land nicht verlassen, sie finden sich zu alt dafür. Sie werden auf uns warten. Niemand hat etwas von unserem Vater gehört. Ich sehe Deda an, sie hält sich aufrecht und lächelt mir zu.

Das ist normal, sagt sie, er ist in geheimer Mission unterwegs, er durfte keinen Kontakt zur Familie aufnehmen, das hätte sie in Gefahr gebracht.

Sie bemüht sich, gelassen zu wirken, aber sie wirkt wie eine aufgeregte Schülerin, die ihren Vortrag auswendig gelernt hat. Einmal mehr dränge ich den rasenden Schmerz zurück, der mir den Magen durchbohrt.

Wir werden in Paris leben, verkündet Gugu.

Ich springe vor Empörung auf.

Was sagst du da? Ihr bleibt nicht in Leuville?

Paris ist nicht weit weg, sagt mein Onkel.

Und wir werden alles tun, damit ihr nachkommt, sagt meine Tante.

Papa will nicht, sagt Thea. Es ist ihm lieber, wenn wir in Leuville bleiben.

Wir werden einen Milchladen eröffnen, sagt Irakli.

Wir werden auch in die Schule gehen, sagt Eka, aber wir können bei den Kunden helfen. Es wird ein Familienbetrieb.

Gugu greift nach meiner Hand und drückt sie fest, um mir ihrer aller Begeisterung mitzuteilen.

Ein Milchladen?

Ein Ort, wo man Milchprodukte herstellt, Joghurts, kaukasische Joghurts, das müsste laufen, sagt Irakli.

Ich drehe mich zu Daredschan um. Unter anderen Umständen würde mich ihr Gesicht zum Lachen bringen. Sie scheint von der Sache mit dem Milchladen nicht sehr angetan zu sein. Sie trägt ein kunstvoll drapiertes Kleid, dessen Faltenwurf sie mit beiden Händen glattstreicht. Neben ihr sehen wir aus wie Wildlinge, meine Schuhe sind voller Matschspuren, ihre sind tadellos. Es ist ein Rätsel, das ich mir nie erklären werde. Dabei sind wir gerade über die gleichen aufgeweichten Wege gerannt. Sie hat kein einziges Wort gesprochen. Ich versuche, sie zum Reden zu bringen, ihr Schweigen erfüllt mich mit Schrecken.

Wo werdet ihr in Paris leben?

Im Viertel der Dichter, da gibt es die besten Schulen und den Jardin du Luxembourg, antwortet meine Tante. Sofort bereue ich meine Frage.

Tamuna und ich lieben dieses Viertel, ruft Thea aus.

Ich suche Dedas Blick, sie weicht mir aus. Als wir auseinandergehen, umarmen wir uns etwas zu innig für eine Trennung, die diesmal nur vorläufig ist. Ich blicke dem alten Auto nach, das ihnen als Taxi dient. Ich winke, wie Deda und Thea es tun. Kaum ist das Auto verschwunden, laufe ich davon und flüchte mich in mein Bett. Ich tue so, als wäre ich in meine Lektüre vertieft. Sie respektieren mein Rückzugsbedürfnis. Ich bin mir sicher, dass es Deda gelegen kommt.

Ein paar Tage später fahren wir nach Paris, um uns die kleine Wohnung anzuschauen, die mein Onkel gefunden hat. Sie ist hübsch, mit niedrigen Decken, und es riecht nicht modrig. Meine Cousins und Cousinen sind zu viert in einem Zimmer untergebracht, das gefällt ihnen nicht. Wir besichtigen den zukünftigen Milchladen. Er ist sehr klein, ich kann mir nicht vorstellen, was sie aus diesen Räumlichkeiten werden machen können, aber alle wirken begeistert. Wir gehen im Jardin du Luxembourg spazieren. Daredschan fällt etwas zurück. Ich nehme sie am Arm.

Verheimlichst du mir etwas?

Nein, antwortet sie mir, ich bin traurig, das ist alles. Ich fand es schrecklich, euch weggehen zu sehen, ich fand den Kummer von Babu und Bebia schrecklich, und ich fand es schrecklich, selber weggehen zu müssen. Und weißt du was? Ich glaube, ich werde alles schrecklich finden, was von jetzt an weiter passieren wird.

Ich weiß.

Ich drücke ihren Arm, um ihr zu zeigen, wie gut ich sie verstehe. Mir fällt nichts anderes ein, was ich sagen könnte.

Die letzte Zeit war furchtbar, erzählt sie, es war Krieg, ich hatte solche Angst, jeden Tag erfuhren wir von jemandem, der geflohen oder umgebracht worden war.

Und Ida, die Nachbarin?

Die Nachbarin ist verschwunden. Verschwunden. Stell dir das vor, hättest du geglaubt, dass man einfach so auf einen Schlag verschwinden kann? Pfffft, niemand hört mehr irgendetwas von dir.

Sie ist unruhig, sie lacht. Ihr Lachen ist ein Kreischen, das ich nicht von ihr kenne.

Ich zwinge sie stehen zu bleiben, stillzuhalten. Sie hört auf zu lachen. Wir sehen einander an, und jede findet im Blick der anderen, was sie braucht, um weiterzumachen.

Zu dieser Zeit beginne ich, Tamas zu schreiben. Briefe, die nie abgeschickt werden.

Tamas
Bist du noch dort oder hast auch du Georgien verlassen? Bist du nach Amerika gegangen, wie du es dir wünschtest? Ich bin in Paris. Aber das Leben hier ist nicht wie ein Traum. Es ist schwierig. Gefahrvoll. Es hat auch nichts Albtraumhaftes. Es gibt angenehme Momente, schöne Dinge: den Park von Leuville bei Tagesanbruch, bei Sonnenuntergang, die Blumen und das Gemüse, die wir anbauen, die Obstbäume, die zu malen ich nicht müde werde. Der Park von Leuville ist alles, was den Georgiern in Frankreich gehört. Ein Fleckchen nur für sie, das sich nach und nach mit vielem von zu Hause vollgesogen hat. Ich zeichne und male viel. Ich interessiere mich für die Bewegung, ich

habe Modelle, die bereit sind, sich für mich zu bewegen, meistens endet es mit Lachanfällen. Es ist nicht sehr professionell. Ich weiß nicht, was meine Skizzen wert sind. Auch wenn sie wohl recht gewöhnlich sind, habe ich so viel Freude am Zeichnen, dass ich es um nichts auf der Welt aufgeben würde. Paris ist eine Stadt, in der die Kunst überall ist, ich entdecke neue Künstler. Ich stelle mir oft die Spaziergänge vor, die wir zusammen machen könnten. Alles würde dir hier gefallen, die Parks, die Monumente, die Häuser.
Mein Vater ist zurück nach Georgien gegangen, um seine Revolution fortzuführen. Wir wissen heute alle, dass sie von den Bolschewiken zunichte gemacht worden ist. Es sind neue Emigranten angekommen, mein Vater ist nicht zurückgekehrt, wir wissen nicht, was mit ihm passiert ist. Vielleicht ist er deportiert worden, ich glaube, das ist das Los der Regimegegner. Oder er ist tot. Ich muss dir zynisch vorkommen. Wahrscheinlich schockiere ich dich. Aber ich sterbe an den Worten, die niemand ausspricht.
Alle tun so, als ob. Als ob er wiederkommen würde, als ob es eine Geschäftsreise wäre. Ich schreibe lieber die Wahrheit. Die Wahrheit ist, dass sein Verschwinden tragisch ist. Nichts zu wissen ist eine nagende Krankheit. Die Wahrheit ist, dass auch ich feige bin, da ich nichts sage. Ich zwinge Deda nicht zum Reden. Ich lasse es laufen.

Ich möchte dir sagen können, was ich seit unserer Abreise durchgemacht habe. Es ist unmöglich. Und du, hast du versucht, mich wiederzufinden? Warst du traurig, als ich verschwunden bin? Ich habe versucht zu erfahren, wie es deiner Familie ergangen ist. Vergeblich. Dieser Brief ist vergeblich, meine Gefühle für dich sind vergeblich. Und doch brodeln sie manchmal in mir. Ich denke an deine Lippen auf meinen, an deine Hände auf meinem Hals, an den Geruch deiner Haut.
Tamuna

* * *

Tamas
Ich habe jetzt einen Gefährten, Stanko. Er ist seit Beginn des Exils da. Das ist eine Gemeinsamkeit, die wir teilen, ohne darüber zu sprechen, wir gehen Seite an Seite voran. Er ist freier als ich. Weil er ein Mann ist. Im Gegensatz zu den anderen um mich herum ist er Pessimist, und mir gefällt dieser scharfsichtige Pessimismus. Für die anderen steht die Heimkehr unmittelbar bevor, ist das Glück greifbar, wir müssen es kultivieren wie unser Gemüse. Stanko und ich überlassen sie ihrer speziellen Kultur. Alles, woran wir glauben, ist tot, wir müssen einen neuen Glauben finden. Die Unabhängigkeit Georgiens ist eine alte Utopie. Ich bin der nationalistischen Emphase und der zerbrechlichen

Hoffnungen müde. Manche vergießen bei jedem Trinkspruch Tränen, andere jammern und klagen, um dann wieder in peinliche Fröhlichkeit auszubrechen. Ich bemühe mich, die zu bleiben, die dir gefallen hat. Und ich bewahre dich in meinem Herzen.
Tamuna.

* * *

Lieber Tamas
Meine Tante und mein Onkel richten sich ein. Sie suchen in Paris eine Wohnung für uns. Es ist besser für uns, wenn wir in ihrer Nähe sind, denken sie. Deda könnte im Milchladen arbeiten, in ihrem Joghurthandel. Niemand sagt: Euer Vater wird nicht zurückkommen, und wir werden uns um euch kümmern. Aber Thea und ich haben es verstanden. Wir reden nicht darüber. Wir sagen einander nur, wie überdrüssig wir es sind, schon wieder umzuziehen. Tatsächlich haben wir gar keine Lust mehr, von Leuville wegzugehen. Wir haben gelernt, es zu lieben. Etwas von unserem Vater lebt darin fort. Außerdem schüchtert Paris uns ein.
Deda versagt die Stimme, als sie uns von der kleinen Wohnung erzählt, die im fünfzehnten Arrondissement für uns gefunden worden ist. Wir werden in der Nähe anderer Emigranten leben, in der Nähe unse-

rer Freunde. Einmal mehr bleibt uns nichts, als einen Strich unter unser früheres Leben zu ziehen.
Das Verschwinden unseres Vaters ist ein Geheimnis, undurchdringlicher als der Tod.

* * *

Mein lieber Tamas
Ich möchte Arbeit finden, um etwas Geld nach Hause zu bringen. Aber Deda verlangt, dass ich zur Schule gehe, bis ich volljährig bin. Sie hilft im Milchladen und geht putzen. Sie bleibt schön. Nach und nach erlangt sie ihr Strahlen wieder, fast sogar eine Art Fröhlichkeit, die ich nie an ihr gesehen hatte. Für uns zu kämpfen ist ihr Antrieb. Sie ist hier im Viertel sehr beliebt. Ihr Lächeln, das sie unterschiedslos allen schenkt, geht mir auf die Nerven. An ihrer Seite tue ich oft so, als wäre ich in eine Zeitung vertieft. Die Kaufleute sind an meine Griesgrämigkeit gewöhnt, sie wenden sich an Thea, die ihre Rolle als junges Mädchen perfekt spielt.
Unsere neue Wohnung ist feucht, wie es die in Leuville war. Wir haben keine Angst mehr vor dem modrigen Geruch, der sich in allen Stoffen, allen Gegenständen festsetzt. Thea und ich teilen uns das Schlafzimmer, Deda schläft im Wohnzimmer. Allein.
Wir gehen oft in den Jardin du Luxembourg und fin-

den dort unsere Cousins und Cousinen wieder. Wir wandeln zusammen zwischen den Bäumen und Statuen umher, die ich inzwischen in- und auswendig kenne. Wir haben einen Geheimnisbaum, bei dem wir uns treffen, sooft wir können. Wir sind sicher aus dem Alter für solche kindlichen Versammlungen heraus, aber wir scheinen alle daran zu hängen, sogar Irakli, und auch Daredschan. Der Baum ist eine Trauerweide, er hüllt uns mit seinen auf den Boden herabhängenden Zweigen vollständig ein und schützt uns vor dem Blick der Passanten. Wir sprechen nie von unserem Vater. Ich hasse das Schweigen, das ihn umgibt, ich hasse die Zeit, die ihn zu einer im Treibsand versinkenden Gestalt werden lässt, ich hasse meine Passivität. Ein paar Fotos von ihm liegen in einem Wandschrank, ich öffne ihn manchmal. Sein echtes Gesicht verflüchtigt sich allmählich, allein diese Bilder bleiben. Ich weine nicht um ihn. Mein Herz und meine Augen sind trocken. Manchmal höre ich Deda oder Thea schluchzen. Dann fliehe ich jedes Mal und wandere durch die Straßen. Was bleibt von meinem Vater auf diesem Boden, den er so wenig berührt hat?
Stanko und ich gehen gern am Seine-Ufer entlang, die Sonne scheint uns ins Gesicht, wir spielen mit unseren Spiegelbildern im Wasser. Wir stöbern nach alten Bildbänden über Malerei. Wir begnügen uns damit, darin zu blättern, wir haben kein Geld, um sie zu kau-

fen. Stanko versucht nicht, mich zu küssen. Manchmal wünschte ich, er würde es tun. Nicht, weil ich Lust dazu hätte, sondern weil ich mit ihm in Sicherheit wäre. Wir lassen die Zeit der Küsse verstreichen und werden Gefährten. Ich wachse unter dem Schutz der georgischen Gemeinschaft heran, die sich weiter vergrößert hat. Es wird erwartet, dass wir eine große Familie bilden, weil das gleiche georgische Blut in unseren Adern fließt. Allen Gegensätzlichkeiten, politischen Unterschieden, vergangenen Streitigkeiten zum Trotz, die nichtig geworden sind. Die Sehnsucht nach dem georgischen Boden soll uns vereint halten. Wir gedenken jedes Jahr des 26. Mais, wir feiern unsere vergangene Unabhängigkeit. Als Angehörige eines der Mitglieder der Exilregierung stehen wir dabei in der vordersten Reihe. Fühlen sie sich schuldig, dass sie ihrer Sache einen unschuldigen, idealistischen Familienvater geopfert haben? Was würdest du darüber denken? Ich führe imaginäre Gespräche mit dir, in denen du mir sagst: Was zählt, ist vorwärtszugehen. Ohne sich umzudrehen.

Hier tun wir nichts anderes, als uns umzudrehen. Vorwärtsgehen, daran scheint niemand zu denken. Wir überleben, wir erinnern uns, wir bereiten uns darauf vor, zurückzukehren und für ein freies Georgien zu kämpfen. Wozu vorwärtsgehen, wenn das Ziel darin besteht umzukehren? Und wie soll man auf einem

Boden vorwärtsgehen, der sich einem entzieht? Was ich schreibe, ist ein Sakrileg und wahrscheinlich ein Verrat. Aber hat unser Vater nicht uns verraten, indem er so stur blieb? Meine Auflehnung dauert nie sehr lange. Wahrscheinlich, weil ich Pflichtbewusstsein und Familiensinn besitze. Oder schlimmer, weil ich zu denen gehöre, die sich im Strom der Ereignisse treiben lassen. Hast du das in mir gesehen? Warst du bereit, es zu lieben? Werde ich dich eines Tages wiedersehen?

* * *

Tamas
Ich habe Neuigkeiten von deiner Familie gehört. Ihr sollt in der Türkei sein, bereit, nach Frankreich aufzubrechen. Diese plötzliche Realität verstört mich. Ich habe mich an die Vorstellung gewöhnt, dich nicht wiederzusehen. Du bist nur noch ein Schattenbild am Hafen von Batumi. Und eine Gegenwart in meiner Gedankenwelt, unantastbar, beharrlich und tröstend. Ich bin mir nicht sicher, ob ich will, dass unsere Wege sich kreuzen. Ich bin mir nicht sicher, ob du mir gefallen wirst. Noch weniger, ob ich dir gefalle. Ich habe mich wahrscheinlich verändert. Ich sehe aus wie eine elegante Pariser Studentin. Aber ich kann den Leuten nicht lange etwas vormachen, sobald ich den Mund aufmache, fällt die Maske. Dennoch leben wir

wie Pariser, und wir sind einander sehr nah geblieben, meine Cousins und Cousinen, meine Schwester und ich. Ich frage mich oft, wie das Leben in Georgien sein wird, wenn wir zurückkommen. Die Grenzen werden nicht für immer geschlossen bleiben, das hat es noch nie gegeben. Man kann nicht jahrelang Millionen Menschen vom Rest der Welt abschneiden. Ich hoffe auf unsere Heimkehr, ehe es für meine Großeltern zu spät ist. Babu und Bebia sind alt. Wir haben Zeit. Sie nicht.

Drei Jahre nach seinem Verschwinden haben wir offiziell die Nachricht vom Ableben meines Vaters erhalten. Von seinem Tod. Ich mag das Wort Ableben nicht. Er soll erschossen worden sein. Man hat uns nichts Näheres über die Umstände seiner Exekution mitgeteilt. Kein Datum. Ich wache nachts oft auf. Ich sehe sein Gesicht unversehrt vor mir, als wären wir gerade auseinandergegangen. Beim Erwachen entgleiten mir seine Züge wieder, und die Jahre haben gewonnen. Dann empfinde ich einen so tiefen Schmerz, dass ich ihn nicht beschreiben kann. Hat er Angst gehabt? Hat er begriffen, dass er uns für immer verließ? Und wenn er es gewusst hätte, als er noch in Frankreich war, wäre er dann trotzdem gegangen? Ich bin mir heute sicher, dass man ihm befohlen hatte heimzukehren. Mein Vater war loyal. Aber wenn er gewusst hätte, dass die Trennung endgültig wäre. Hätte er sich dann im Moment seiner Abreise umgedreht? Hätte er mich in den Arm genommen, mit Gewalt, um sich von mir zu verabschieden? Gegen meinen Willen? Hätte er es vermocht, die Worte auszulöschen, die ich ihm gerade an den Kopf geworfen hatte? Meine Fragen werden ohne Antwort bleiben, damit werde ich mich abfinden müssen.

Ich habe jemanden kennengelernt. Ein Mädchen. Sie heißt Nora. Sie ist in den Milchladen gekommen. Wir waren dabei, die Joghurts einzuräumen, Deda, meine Tante und ich. Wir sangen vor uns hin. Sie hat gefragt, was das für eine seltsame Sprache sei. Sie hat uns auf Russisch angesprochen. Deda und meine Tante haben nicht geantwortet. Ich habe es getan, aber auf Französisch. Nora ist Russin. Ich habe ihr erklären müssen, warum wir es vermeiden, ihre Sprache zu sprechen. Nora spricht gut Französisch, aber sie hat eine starken Akzent behalten, genau wie auch ich meinen georgischen Akzent nicht loswerde. Seit dieser Begegnung glaube ich an Freundschaft auf den ersten Blick. Nora ist sehr schön. Sie trägt ihr goldenes, lockiges Haar zu einem langen Zopf geflochten. Sie ist schmal und hochgewachsen. Sie ist so, wie ich gern wäre. Es versteht sich von selbst, dass ich, wenn dies ein wirklicher Brief wäre, dazu bestimmt, abgeschickt zu werden, Noras Schönheit nicht derart betonen würde. Findest du immer noch Gefallen an Rundungen und dunklem, glattem Haar? Wir sind hinausgegangen und haben einen kleinen Spaziergang durch den Jardin du Luxembourg gemacht. In ein paar Stunden haben wir Jahre unseres Lebens heraufbeschworen. Ihre Familie hat Moskau verlassen. Für immer, fügt sie hinzu. Sie sind Juden. Eine Rückkehr ist undenkbar, sie haben vor, sich hier ein neues Leben aufzubauen. Sie sprudeln vor Projekten und Zielen, von denen ich wünschte, es wären auch unsere. Ihre Eltern haben es geschafft, ein paar Familienschätze zu retten. Ihr Vater ist ein begabter Dirigent. Sie leben im Wohlstand. Unsere Exile und Gemeinschaften gleichen sich nicht. Während wir auf die Heimkehr warten, richten sie sich ein. Und trotzdem haben wir uns verstanden. Wir haben uns verabredet. Für den nächsten Tag, dann für den übernächsten. Wir sind unzertrennlich geworden. Das entfernt mich etwas von meiner Schwester, von Daredschan, von Eka. Aber sie lernen Nora ebenfalls zu schätzen, die an unseren Familienzusammenkünften teilnimmt. Nora mag die Atmosphäre unserer Wohnungen, trotz der Enge und des wenigen Luxus, über den wir verfügen. Ich bin beeindruckt von ihrem Zartgefühl. Wenn wir ins Café gehen, bestellt sie immer das Billigste, um mich nicht in Verlegenheit zu bringen. Unsere Treffen unter vier Augen bezaubern mich. Mit meiner Fami-

lie habe ich meine Leidenschaft für Malerei nie teilen können, nicht einmal mit Stanko.
Er ist ein Junge, und im Grunde denkt er, dass ich letztlich heiraten und das alles vergessen werde. Nora hört mir zu und versteht mich. Ihre Leidenschaft gilt vor allem der Fotografie. Sie besitzt eine Kamera. Wir sprechen über ihre Werke und meine. Die Aussicht, sie zu sehen, beflügelt meine Schritte. Das habe ich seit dir nicht mehr erlebt. Dieses Gefühl, dem Schicksal der Familie, dem Georgiens, ein wenig zu entrinnen. Mit ihr bin ich frei. Ihr Blick auf mich, ihr Vertrauen machen mich kühn und verwandeln die Zukunft.
Ich habe ihr von dir erzählt. Von dir in der Wirklichkeit und von dir in meiner Phantasie. Von diesem anderen, kostbaren, den ich erfunden habe und an den ich schreibe. Die Freundschaft ist ein großes Gefühl. Es ist beständiger als die Liebe.
Tamuna

Wir gehen zur Schule. Wir kennen viele Franzosen, werden aber wenig zu ihnen eingeladen.

Es ist wegen unserer Namen, sagt Irakli, sie machen ihnen Angst.

Sie kommen sich dämlich vor, weil sie sie nicht aussprechen können, meint Gugu.

Ihr spinnt, sagt Eka, ich habe sehr gute französische Freunde.

Natürlich, sagt Daredschan, aber für sie bleibst du die kleine Emigrantin, die manchmal im Milchladen arbeitet. Man müsste Mittel und Wege finden, ihnen zu zeigen, dass wir aus einer guten georgischen Familie stammen, dass wir nicht irgendwer sind.

Wir brauchen niemandem etwas zu beweisen, sagt Thea.

Die sind uns doch völlig egal, sagt Gugu.

Uns fehlt nichts, wenn wir unter uns sind, fügt Irakli hinzu.

Von uns sechsen ist er derjenige, der seinen georgischen Akzent am meisten pflegt, als würde ihn zu verlieren bedeuten, unsere Identität aufzugeben.

Er hat recht, sage ich. Warum um jeden Preis versuchen, sich zu integrieren? Wir sind anders. Ich spüre es jedes Mal, wenn jemand mich kennenlernen will. Ich schäme mich fast, mich vorzustellen.

Sie brechen in empörte Rufe aus. Ich protestiere: Ich sage nicht, dass ich mich für unsere Herkunft zu schämen habe, aber ich habe Angst vor dem Anderssein. Ich sehe es in ihren Augen, wenn unsere Mütter für sie unverständliche Sätze murmeln, wenn ich ein Loch in meinen Kleidern verbergen muss, wenn ich zu kleine Schuhe trage, wenn jemand meinen Namen nicht aussprechen kann. Diese Schranke, die überwunden werden muss, erschöpft mich im Voraus.

Sie sagen nichts mehr. Ich wünschte, einer von ihnen würde mir versichern, dass er mich versteht. Aber das ist unnötig, wie mir plötzlich klar wird. Wir empfinden alle das Gleiche. Ich lese es in ihren fliehenden Blicken. Aber über diese Gefühle muss geschwiegen werden. Ich habe einen Fauxpas begangen, ich müsste sie um Verzeihung bitten. Die Trillerpfeife des Parkwächters rettet mich. Wir müssen den Park schnell verlassen, er wird schließen. Wir rennen durch die Alleen. Schneller als sonst, als würden wir verfolgt. Ganz außer Atem erreichen wir den Milchladen. Unsere vier Cousins und

Cousinen gehen wortlos hinein, Thea und ich steuern auf die Bushaltestelle zu.

Denkst du noch auf Georgisch oder auf Französisch?, fragt Thea.

Es ist mutig von ihr, mir diese Frage zu stellen.

Ich antworte ehrlich: immer öfter auf Französisch. Und ich füge hinzu: aber mit Akzent. Wir lachen etwas gezwungen und steigen in den Bus ein. Nora beneidet mich um meine Schwester, ich beneide sie um ihren Vater.

Nach dem Mittagessen, während Nestan die letzten Vorbereitungen trifft, geht sie zurück auf den Balkon. Sie folgt Reziko mit dem Blick, der sich auf dem Boulevard entfernt. Sie hat ihm oft so nachgesehen, voller Wehmut. Als er ein kleiner Junge war, dann als Jugendlicher. Und später, als er ein Mann geworden war. Sein Gang ist der gleiche geblieben. Ungeduldig. Rasch. Sie hatte immer Mühe, ihm zu folgen. Mit der Zeit hat sie aufgehört, hinter ihm her zu rennen. Oder er hat gelernt, seinen Schritt auf ihren abzustimmen. Er verschwindet in der Metrostation. Es klingelt an der Tür. Ein Sturmklingeln, das erst verstummt, als die Tür geöffnet wird. Es ist Tsiala. Das ist ihre Art, sich anzukündigen, ehe sie einen Stapel Unterlagen auf den Tisch ablädt und sich vorbeugt, um sie zu küssen.

Du riechst gut, sagt Tsiala, während sie ihre Mappen öffnet und Fotos und Dokumente auf dem Tisch ausbreitet. Ich räume alles wieder auf, versprochen, aber ich möchte, dass du einen Blick darauf wirfst. Ist Papa nicht da?

Er ist gerade gegangen, er kommt nachher wieder.

Kommst du schauen, Nestan?, ruft Tsiala ihrer Tante zu.

Ich bin gleich da, antwortet Nestan.

Schreit nicht so, die Wohnung ist ja nicht groß, sagt sie.

Sie betrachten die verstreuten Fotos. Einige sind von Tsiala aufgenommen, andere stammen aus den Familienalben, aus vergessenen Schubladen. Tsiala hat sie sortiert, mit Etiketten und Anmerkungen versehen.

Was hast du mit all dem vor?

Erst einmal möchte ich, dass du sie kommentierst, antwortet Tsiala.

Hör mal, ich unterstütze dein Projekt, diese Reliquien zu verwenden, Spuren, wie du sagst. Aber mehr darfst du nicht von mir verlangen.

Gut, sagt Tsiala einfach.

Ich möchte diese Fotos gern haben, sagt Nestan, es ist, als würde ich sie wiederentdecken.

Sie posiert bei ihrer Ankunft in Frankreich mit Thea für einen Fotografen. Sie steht mit Badri und Reziko als Baby vor der Geburtsklinik. Dann Gruppenfotos, auf Festen des georgischen Vereins aufgenommen, ernste Gesichter, erfüllt vom Bewusstsein, für die Ewigkeit zu posieren. Nestan und Reziko als Kinder, in georgischer

Tracht. Ihr Großvater und ihre Großmutter in den Straßen von Tbilissi. Bebia trägt ihren Einkaufskorb, Babu umfasst ihre Schultern und starrt ausdruckslos in die Kamera, Bebia wie die Mona Lisa, mit dem gleichen rätselhaften Lächeln. Es ist das einzige Foto von ihnen, das sie besitzt. Ein Freund der Familie muss es ihr gegeben haben. Sie weiß es nicht mehr. Sie hatte zuerst gezögert, es Tsiala anzuvertrauen.

Hier ist dein Familienstammbuch, du wusstest nicht mehr, wo du es hingeräumt hattest, sagt Nestan.

Und dein alter Pass, sagt Tsiala. Staatenlos. Was bedeutet das? Staatenlos? Du warst staatenlos?

Ich bin es immer noch, es bedeutet: ohne Staatsangehörigkeit, sagt sie.

Tsiala und Nestan wirken verdutzt.

Warum hast du nie die französische Nationalität angenommen?, fragt Tsiala. Du hattest ein Anrecht darauf.

Ich weiß nicht mehr. Viele von uns haben es nicht getan. Wahrscheinlich war es uns kein Bedürfnis.

Sie haben ihre Koffer abgestellt und sich darauf gesetzt, haben sie aber nie geöffnet, sagt Nestan.

Tsiala kommt ihr plötzlich etwas blass vor.

Du solltest dich ausruhen, sagt sie. Schläfst du auch genug?

Lass mich damit in Ruhe, protestiert Tsiala. Ich bin nicht müde.

Wann kann ich diese Fotos bekommen?, fragt Nestan. Ich habe Angst, dass sie am Ende verlorengehen.

Sie haben nicht die Absicht verlorenzugehen, antwortet Tsiala ironisch, außerdem gehören sie mir genauso wie dir.

Nicht wirklich, ich bin schließlich …

Ach, hört auf, sie gehören mir. Punkt.

Nestan und Tsiala senken den Kopf wie zwei ertappte Kinder.

Ich werde jetzt gehen, sagt Nestan, in Ordnung, Mama? Ich komme dann ein bisschen vor allen anderen, um dir zu helfen.

Bis nachher.

Bis heute Abend, sagt Tsiala.

Sie nimmt ein Kartenspiel aus seiner Hülle und beginnt, die Karten zu mischen.

Spielen wir eine Zank-Patience?, fragt sie.

Lieber eine Partie Nardi, sagt Tsiala.

Sie öffnen das Backgammonbrett und spielen, lassen die Würfel rollen.

Hast du nie Geld gehabt?, fragt Tsiala. Zu keiner Zeit deines Lebens?

Nein.

Ich glaube, ich möchte viel Geld verdienen, sagt Tsiala.

Dann wirst du das sicher tun.

Meinst du, das ist vereinbar, Künstlerin sein und viel Geld verdienen?

Das fragst du mich?

Ihre knappen Antworten scheinen Tsiala, die in Schwatzlaune ist, nicht zu stören.

Wir sind komisch in unserer Familie, wir lieben uns, sicher, aber …

Sie ruft aus: Wie das, sicher?

Ja, sicher, sagt Tsiala, dabei interessieren wir uns nicht wirklich füreinander, wir ermutigen uns nicht gegenseitig, wir öffnen uns nicht. Unsere Nähe, unsere Vertrautheit, ich weiß einfach nicht genau, worin sie bestehen.

Du zerbrichst dir zu sehr den Kopf, sagt sie.

Nein, sagt Tsiala, so schlimm ist es nicht.

Hast du das Gefühl, dass dein Vater dich vernachlässigt?, fragt sie. Weil er zur Zeit gerade …

Nein, nein, sagt Tsiala, es geht nicht um Papa, mit Papa ist alles in Ordnung. Ich meinte unsere Familie im Allgemeinen. Wir haben eine unglaubliche Trägheitskraft, als wären die Dinge unwandelbar, als könnte uns nichts passieren.

Vielleicht weil uns schon so vieles passiert ist.

Dir vielleicht, aber uns nicht.

Sie versteht nicht ganz, worauf Tsiala hinauswill. Sie sollte auf dieses Gespräch eingehen. Sie hat Angst, ihre Enkelin zu enttäuschen.

Sie gewinnt die Nardi-Partie. Sie gewinnt immer. Sie ist gut in dem Spiel.

Tsiala geht aus dem Zimmer, kommt mit einem Joghurt wieder, das sie in einem Zug austrinkt, schräg auf ihrem Stuhl sitzend, ein Bein unter sich angewinkelt. Sie hat wieder zu den Karten gegriffen und begonnen, eine Patience zu legen.

Ich verstehe nicht, wie du Spaß daran haben kannst, Patiencen zu legen, sagt Tsiala. So etwas Langweiliges!

Für dich, nicht für mich.

Sie spürt, dass ihre Antwort Tsiala reizt. Sie weiß immer sofort, wenn sie jemandem auf die Nerven geht. Sie hat manchmal Spaß am Provozieren.

Würdest du ein paar Einkäufe für mich erledigen?, fragt sie.

Nestan war dafür da, warum hast du sie nicht gebeten?, seufzt Tsiala. Also gut, aber nörgel nicht herum, wenn ich nicht die Marke finde, die du willst.

Sie schickt sie los, um Trockenfutter für Pascha und Waschmittel zu kaufen. Tsiala kommt sehr schnell zurück, etwas außer Atem, als wäre sie gerannt. Sie setzt sich wieder und sagt: Weißt du, ich bin deinem Rat gefolgt, ich habe ihn angerufen.

Mathieu?

Ja, Mathieu, wen sonst.

Und?

Du hattest recht, sagt Tsiala, er schien sich zu freuen,

wir haben uns zweimal und eine Nacht gesehen. Eine ganze Nacht.

Dann habt ihr den Schritt also getan?

Den Schritt getan?, spottet Tsiala. Ja, ich habe mit ihm geschlafen, wenn du das meinst.

Sie schweigen. Tsiala steht wieder auf, öffnet die Balkontür. Der Lärm des Boulevards dringt in die Wohnung. Was für ein Krach, sagt Tsiala. Wie hältst du das nur aus? Kommst du ein bisschen heraus?

Sie stehen Seite an Seite hoch über dem Boulevard. Tsiala zündet sich eine Zigarette an. Sie atmet den Rauch ein, der vor ihrer Nase vorbeizieht. Nach Jahren ertappt sie sich dabei, immer noch Lust darauf zu haben.

Ich wünschte, wir wären verliebt, sagt Tsiala.

Ein merkwürdiger Satz, aber sie versteht ihn.

Wir sind zu einem russischen Ball eingeladen. Die russischen Aristokraten richten grandiose Bälle aus. Wir haben auch Nora dazugebeten. Wir brauchen Abendkleider. Deda und ich besorgen Stoff und fangen an, für jede von uns ein Kleid zu nähen.

Ich möchte ein Dekolleté, sagt Daredschan, sonst sieht es aus wie ein Nonnengewand.

Sie greift nach der Schere. Meine Tante stößt einen Schrei aus und reißt sie ihr aus den Händen.

Lass mich das machen, du wirst das ganze Kleid verderben, sagt meine Tante.

Einverstanden, sagt Daredschan, aber schwör mir, dass du mir ein Dekolleté machst.

Deda murmelt etwas vor sich hin, nimmt die Schere aus den Händen meiner Tante und beginnt, in den Stoff über Daredschans Brust zu schneiden.

Au, pass auf, das ist kalt, sagt Daredschan.

Eka und Thea wirbeln herum, ich mache ihnen Zeichen, dass sie aufhören sollen, bücke mich und ziehe ein paar Stecknadeln aus ihren Säumen. Daredschan trägt ein blaues Samtkleid mit Puffärmeln, in dem sie aussieht wie eine Marquise. Eka ein stark tailliertes Kleid, das ihre Zierlichkeit betont. Thea gleicht in ihrem blassvioletten Musselin einem Schwan.

Und du?, fragt Eka. Beeil dich, zieh dich um.

Ich streife mein dunkelrotes Kleid über. Ich erhasche mein Abbild im Spiegel und seufze.

Es gleicht einem georgischen Kleid, ich sehe aus wie eine Georgierin. Mir fehlen nur noch zwei lange Zöpfe.

Deda und meine Tante applaudieren uns.

Wir haben Glück, sagt Daredschan, keine von uns ist hässlich.

Was für ein Glück, ruft Thea ironisch.

Ich bin so aufgeregt, sagt Eka, ich habe Angst, in die Hose zu machen.

Was für eine Lebensart, meint Daredschan. Und Irakli?

Nora hat einen Smoking für ihn gefunden, sagt meine Tante.

Genau in dem Moment kommt Nora in einem Wirbel von Stoffmassen herein, ihr Kleid ist aus blauem Satin, ihr lockiges Haar wird von einem goldenen Kamm zurückgehalten und fällt in Wellen über ihre Schultern.

Was für eine Schönheit!, sagt Deda.

Ich gebe ihr recht: Du bist so schön.

Wir sehen alle großartig aus, meint Nora.

Bei uns ist das beachtlicher als bei dir, sagt Thea, wir tragen nämlich Vorhangstücke.

Ich versetze ihr einen Stoß mit dem Ellenbogen. Irakli erwartet uns neben zwei Taxis, dem von Ramas und dem eines seiner Freunde. Wir brechen angesichts seiner vornehmen Aufmachung in Begeisterungsrufe aus, er scheint Augen nur für Nora zu haben.

Hast du bemerkt, wie elegant deine Schwestern und deine Cousinen sind?, fragt Eka.

Irakli wirft ihr einen wütenden Blick zu und macht sich nicht die Mühe zu antworten.

Ich habe es bemerkt, sagt Gugu.

Er steht im Schlafanzug auf der Türschwelle, ich beuge mich vor, um ihm einen Kuss zu geben, und sage: Du wirst sehen, beim nächsten Mal bist du groß genug, um mitzukommen.

Und du wirst sicher eine bessere Begleitung abgeben als Irakli, meint Thea.

Wir drängen uns in die Taxis. Gugu blickt uns nach, bis wir in den Boulevard Montparnasse einbiegen.

Es ist zu eng, wir werden unsere Kleider zerreißen, ruft Eka.

Vielleicht solltest du nicht sagen, dass du Jüdin bist, sagt Irakli zu Nora.

Wie? Was meinst du?, fragt Nora.

Das stimmt, die russischen Weißen sind ein bisschen antisemitisch, sagt Eka.

Du übertreibst, sagt Thea.

Dagegen sind sie verrückt nach Georgierinnen, sagt Daredschan, sag doch einfach, dass du orthodox und Georgierin bist, du kannst dich Nora Dschischawadse nennen, das ist ein Prinzessinnenname. Es war der Mädchenname unserer Großmutter.

Ich sage: Du bist irrsinnig komisch.

Nein, lass doch, sagt Nora, ich finde es lustig, einen georgischen Namen zu tragen, ich werde sagen, dass ich eine eurer Cousinen bin.

Während des Balls verlieren wir uns aus den Augen, jede von uns wird zum Tanz gebeten. Ich wirbele herum, ohne meine Partner zu beachten, mir ist etwas schwindelig, ich probiere zögernd ein Glas Champagner.

Trinkst du jetzt?

Ich blicke auf und versinke in Tamas' Augen. Ich lasse mein Glas fallen, es zerbricht auf dem Boden. Tamas zieht mich von den Scherben weg. Er ist so wie in meiner Erinnerung. Älter, eindrucksvoller.

Ich habe dich gesucht, sagt er, ich habe eine Weile gebraucht, du warst gut versteckt.

Ich finde nichts zu sagen oder habe keine Stimme mehr.

Ich bin seit einer Woche in Paris und habe gerade erst deine Adresse herausgefunden.

Ich bleibe stumm.

Komm tanzen.

Er zieht mich mitten unter die Tanzenden. In seinen Armen entspanne ich mich, ich erkenne den Geruch seiner Haare, seiner Haut wieder, ich lasse mich gehen. Seine Schultern sind breiter geworden.

Du siehst aus wie ein Mann.

Er lacht: Und du siehst aus wie eine Frau, eine sehr schöne Frau.

Er drückt mich an sich. Ich lege meinen Kopf auf seine Schulter. Ich habe ihm zu vieles zu sagen. Wir tanzen ohne Pause. Wir wirbeln herum. Das ist wahrscheinlich das Einzige, was zu tun ist. Ich halte die Augen geschlossen. Als ich sie wieder öffne, sehe ich die anderen Mädchen vor mir, die mir heftig zuwinken. Tamas kann gar nicht anders, als sie auch zu bemerken.

Sind das deine Cousinen?

Ja, und meine Schwester, und meine Freundin.

Wir gehen zu ihnen und ich stelle sie einander vor. Als ich den Namen Tamas ausspreche, unterdrückt Nora einen Schrei, Thea lächelt auf eine Art, als würde sie gleich losprusten. Ich würde sie am liebsten umbringen. Tamas macht unerschütterlich Konversation.

Ja, er ist gerade in Frankreich angekommen, sie sind

nach dem Aufstand von 1924 in die Türkei gegangen. Dort sind sie zwei Jahre geblieben. Die Situation in Georgien ist festgefahren, seine Eltern wollen sich im Süden Frankreichs niederlassen, er wird dort Architektur studieren.

Ich ertrage die Anwesenheit der Mädchen nicht. Mir ist nicht gut.

Komm an die frische Luft, sagt Tamas zu mir.

Ich folge ihm auf einen Balkon. Der vor uns liegende Schatten des Eiffelturms ist etwas unheimlich.

Gefällt er dir, dieser Eiffelturm?

Er sieht den Eiffelturm nicht an. Er kommt näher. Sein Gesicht ist so dicht an meinem, dass ich seine Züge nicht mehr erkenne, ich beuge mich vor. Wir küssen uns. Seine Küsse sind länger, eindringlicher als in Batumi, er lässt seine Hände über meine Seiten, meinen Rücken, meinen Nacken wandern. Ich drücke mich an ihn, ich möchte noch dichter bei ihm sein. Vielleicht erschreckt ihn das. Er rückt plötzlich von mir ab. Wir stehen einander gegenüber, mit herabhängenden Armen. Mir ist sehr heiß. Er wirkt plötzlich eisig.

Ich muss gehen, sagt er. Mir gefällt es hier nicht. Ich bin gekommen, um dich zu sehen.

Er weicht zurück, mich ergreift Panik.

Wo wohnst du in Paris? Wann reist du ab? Sehen wir uns wieder?

Ich reise morgen ab, sagt er. Aber natürlich werden

wir uns sehen. Das ist mein einziger Wunsch: dich zu sehen.

Er kehrt mir den Rücken zu. Ich balle die Fäuste, um ihn nicht zurückzuhalten, mich nicht an ihn zu klammern. Er kommt unvermittelt zurück, packt mich am Hals, küsst mich heftig, beißt in meine Lippen. Tränen des Schmerzes schießen mir in die Augen. Ich habe keine Zeit zu versuchen, sie vor ihm zu verbergen. Er ist weg.

Ich weiß nicht mehr, wann wir das Fest verlassen haben. Ich weiß nicht mehr, wie wir nach Hause gekommen sind. Ich erinnere mich an die Dunkelheit unseres Zimmers, an Theas Stimme, die leise sagt: Du wirst ihn wiedersehen, da bin ich mir sicher. Schau, du dachtest, du würdest ihn nie mehr sehen, und er ist wiederaufgetaucht. Das ist ein Zeichen.

Ich brauche ein paar Tage, bis ich fähig bin, Thea und Nora zu erzählen, was sich auf dem Balkon abgespielt hat. Sie helfen mir, die Situation kühl zu analysieren: Er hat mich gesucht, er hat mich geküsst.

Leidenschaftlich, ja, leidenschaftlich, das kann man wohl sagen, sagt Nora. Er empfindet genauso wie du, da gibt es keinen Zweifel.

Aber warum hat er mich so schroff zurückgestoßen?

Weil er sein Verlangen nicht beherrschen konnte, sagt Nora.

Thea kichert.

Es ist dir peinlich, sagt Nora zu ihr, aber es ist die Wahrheit, du bist zu jung, um das zu verstehen. Er musste sich wieder fassen, Tamuna, in den nächsten Tag wird ein Brief kommen, du wirst sehen. Er ist in Frankreich, freu dich, ich würde so gerne das Gleiche wie du empfinden.

Ich spüre, wie ihre Begeisterung auf mich überspringt. Die folgenden Tage sind voller Euphorie. Wir nehmen Nora mit zu einer georgischen Weihnachtsfeier. Wir haben viel Spaß, wir bilden mit den jungen Leuten der georgischen Kolonie eine eingeschworene Gruppe. Ich fühle mich von meinen Gefühlen für Tamas getragen.

Das ist mein einziger Wunsch: dich zu sehen. Ich sage mir seine Worte leise vor.

Jeder meiner Schritte, jede meiner Bewegungen ist für ihn. Ich stelle mir seinen Blick auf mich vor und bin davon wie verwandelt.

Der Vorsitzende des georgischen Vereins in Frankreich hält eine Rede, bringt einen Trinkspruch auf die Heimat, die Freiheit, den Kampf aus. Er stimmt die Nationalhymne an. Die Atmosphäre wird feierlich, dann lockern Gesänge und Tänze sie wieder auf.

Die Zeiten der Freude sind vorbei, sagt ein Mann hinter mir.

In der Freude werden wir die Kraft finden zu kämpfen, sagt ein anderer.

Das ist Feigheit, ihr seid Feiglinge, eure Partei hat es nie verstanden zu kämpfen, ihr habt euch geschlagen gegeben, seht euch das Ergebnis an, Georgien ist annektiert.

Wir haben gekämpft, einige der Unseren sind gefoltert worden. Sieh ihn an, er ist jung und ihm fehlt ein Arm? Er ist gefoltert worden? Von wem? Von Georgiern, seinen Landsleuten, im Namen der Revolution.

Nein, das waren die Russen.

Die Bolschewiken, die Roten …

Was sagen sie?, fragt Nora.

Ich antworte nicht. Alle reden durcheinander.

All die Reden nützen nichts, man hätte an der Macht bleiben müssen, das habt ihr nicht geschafft.

Wir müssen vereint bleiben, uns untereinander zu schlagen bringt uns nicht weiter.

Hört auf oder geht hinaus.

Die Tische wackeln, ein Stuhl fällt um, zwei Männer stürzen sich aufeinander, mein Onkel versucht sie zu trennen, andere Männer werfen sich ins Getümmel, sie verschwinden nach draußen. Allmählich kehrt wieder Ruhe ein.

Das ist nichts weiter, sagt Stanko zu Nora. Wir sind ebenso viele entgegengesetzte Parteien wie Georgier in Frankreich.

Mit der Zeit hat sich Stankos Pessimismus in einen ironischen Fatalismus verwandelt. Das Leben von seiner guten Seite nehmen, lautet nunmehr sein Motto. Tief in seiner Tasche wird er immer etwas georgische Erde bei sich tragen.

Mach damit keine Witze, sagt Irakli, wir sitzen hier fest, und jeder versucht, sich nicht geschlagen zu geben.

Aber sicher, mein Freund, sagt Stanko und legt ihm freundschaftlich einen Arm um die Schulter.

Zwei Minuten später tanzen sie einen Fischertanz und spielen für Nora die Clowns. Wir klatschen in die Hände. Ich frage mich, wofür, für wen mein Vater gestorben ist. Ich nehme mir fest vor zu versuchen, es herauszufinden, und meinen Onkel zu befragen.

Das Zimmer ist so klein, Thea und ich schlafen so nah beieinander, dass ich ihren Atem an meinem Ohr hören kann. Manchmal stoße ich sie mit dem Ellenbogen an, damit sie aufhört zu atmen.

Schläfst du?, fragt sie.

Nein.

Denkst du an Tamas?

Ja. Und du, denkst du an jemanden?

Nein, du weißt doch, ich schlafe sehr schnell ein, ohne an irgendetwas zu denken.

Ich weiß es und beneide sie um ihre Gabe zu schlafen, während ich nächtelang grübele.

Ich denke weiter manchmal an Tamas oder an jemanden, der im Lauf der Jahre an seine Stelle tritt. Ein Jemand ohne Gesicht. Ich denke gern daran. Ich bin eine andere und er ist ein anderer, wie in dem Gedicht von Verlaine.

Welches Gedicht?, fragt Thea.

Oft habe ich jenen seltsamen, eindringlichen Traum
Von einer Unbekannten, die ich liebe, und die mich liebt,
Nie ganz die gleiche, nie ganz eine andere,
Eine Frau, die mich liebt und mich versteht.

Schön, sagt Thea, ein bisschen öde, aber schön.

Du hast recht, Rimbaud ist einem immer lieber.

Und Papa? Denkst du manchmal an ihn?

Ich antworte nicht. Schließlich wird die Stille drückend.

Ja und nein, eigentlich nicht, ich habe Bebia, Babu, Papa verloren, ich möchte an sie denken, aber ich schaffe es nicht, es ist wie ein großes Loch in meinem Inneren, die Tage vergehen und nichts füllt dieses Loch aus.

Ja, murmelt Thea.

Und du?

Sie ist eingeschlafen, ohne an irgendetwas zu denken.

Ich höre mit der Schule auf. Ich möchte, dass Thea studieren kann. Wir brauchen Geld. Ich nehme Anfang der dreißiger Jahre eine Stelle als Sekretärin an. Tamas hat nichts mehr von sich hören lassen. Ich stelle mir ihn vor, Architektur studierend, verheiratet oder verlobt. Er hat mich sicher vergessen. Nora besucht eine Kunstschule. Sie vermittelt mir eine Stelle als Ankleidefrau in einem Modesalon. Sie drängt mich, diese Chance zu ergreifen. Es ist anstrengender, aber besser bezahlt als die Sekretärinnenarbeit. Kleider von großen Modeschöpfern gehen durch meine Hände, ich sehe die Mannequins über den Laufsteg defilieren. Man vertraut mir Kleider zum Ändern an. Deda ist stolz, sie hilft mir, die Bänder abzuschneiden, sie denkt, ich werde eines Tages ein großes Modehauses leiten. Ich lasse sie phantasieren. Ich höre auf, nach der Post zu lauern, das Bild von Tamas entfernt sich.

Nach dem Aufstand ist eine neue Welle von georgischen Emigranten in Paris eingetroffen, es sind oft junge Leute, manchmal mit ihrer Familie. Sie haben versucht, Widerstand zu leisten, sie haben sich gegen die Bolschewiken aufgelehnt, die Repression war fürchterlich. Die Situation verhärtet sich mehr und mehr. Georgien gehört inzwischen zur Sowjetunion. Stalin hat die Zügel in der Hand. Es gibt vorerst keine Hoffnung auf Rückkehr. Wir werden Babu und Bebia wahrscheinlich nicht lebend wiedersehen, sagt mein Onkel. Er hat auf meine Fragen geantwortet. Mein Vater hat für ein Ideal gekämpft, das er nie verraten hat. Sein

Foto thront im großen Saal des Schlosses von Leuville neben dem der anderen Mitglieder jener kurzlebigen Regierung. Auf dem Foto erkenne ich ihn nicht wieder. Nora findet, er sieht gut aus. Der Mann auf dem Foto sieht gut aus. Ich wende mich ab. Der Mann auf dem Foto tut mir weh.

Neben der Kirche von Leuville ist ein Friedhof. Auf diesem Friedhof ein Karree, das für die Georgier reserviert ist.

Wir, Thea, Irakli, Gugu und ich gehen durch die Alleen.

Glaubt ihr, wir werden unsere Eltern hier begraben?, fragt Irakli.

Ja, sie haben uns darum gebeten, sagt Gugu.

Ich weigere mich, Deda hier zu begraben, sagt Thea, ihr Platz ist in Georgien.

Armes Kind, sagt Irakli, du hast es immer noch nicht verstanden.

Ich denke an unseren Vater, der nirgends ein Grab hat. Ich wünschte, er hätte eines, hier oder dort.

Wie auch immer, wir werden tun, was wir können, sagt Gugu.

Er ist verliebt, in eine Französin, Colette, und nichts kann seine gute Laune trüben.

Die Georgier heiraten zu viel unter sich, sagt Gugu, das ist nicht gesund, man muss sich öffnen.

Ich höre ihn, beachte ihn aber nicht.

Für mich, sage ich, sind die, die wir vermissen, in Georgien, ich denke gern, dass sie zusammen sind, in der dortigen Erde, im Himmel oder im Meer.

Niemand macht sich lustig. Wir stehen reglos und nachdenklich inmitten der Steine.

* * *

Tamas,
Du hast mich in der Zwischenzeit wahrscheinlich vergessen. Das trifft sich gut, denn dieser Brief ist ein Abschiedsbrief. Ich werde ihn ebenso wenig wie die anderen abschicken, aber ich habe das Bedürfnis, ihn dir zu schreiben. Ich habe von dir gehört. Du studierst im Süden weiter, du hast eine Verlobte, eine Französin. Meinerseits flirte ich viel, ich habe Geschmack daran gefunden, wahrscheinlich, um die Spur deiner Lippen auf den meinen auszulöschen. Nora erzählt mir ihre Liebesabenteuer. Wenn ich ihr Selbstbewusstsein hätte, vielleicht hättest du mir dann geschrieben, vielleicht wärst du mich holen gekommen. Mit der Zeit kommt es mir vor, als hätte ich mir die Szene auf dem Ball eingebildet. Nora hat einen Liebhaber gehabt. Das macht mir Eindruck. Ich habe ein paar französische junge Männer getroffen, die weitergehen wollten, aber ich mochte

nicht. Dabei waren manche sehr charmant. Dann hat Stanko mir einen Freund vorgestellt, Badri. Wir waren uns in der Kolonie schon begegnet. Er fällt auf den ersten Blick nicht weiter auf, obwohl er ganz gut aussieht. Ich habe mich mit ihm sofort wohlgefühlt. Seine Küsse sind sanft und warm, er ist höflich und intelligent. Er ist Tankwart, obwohl er eigentlich eine Laufbahn als Ingenieur anstrebte. Sein Mut beeindruckt mich. Aus Anstand ihm gegenüber werde ich dir nicht mehr schreiben. Dabei habe ich nicht aufgehört, dich zu lieben. Ich habe aufgehört, auf dich zu hoffen.
Tamuna

Bist du oft verliebt gewesen?, fragt Tsiala.

Einmal, antwortet sie.

In Babu? In deinem Leben hat es nur Badri gegeben? Einen einzigen Mann, das ist merkwürdig.

Es hat einen anderen gegeben als deinen Großvater.

Raymond? Der, der dich heiraten wollte?, fragt Tsiala. Du hast wegen deiner Mutter, die bei dir lebte, abgelehnt, und wegen Papa und Nestan, die noch klein waren. Warst du nicht genug in ihn verliebt?

Sieht so aus, sagt sie. Er war hässlich und hatte einen unglaublichen Charme, er brachte mich zum Lachen, er führte mich zum Tanzen aus. Er war so ein guter Tänzer. Wir tanzten nächtelang. Es war eine glückliche Zeit. Nach dem Krieg hatten die Menschen Lust, sich zu amüsieren. Ich glaube, es war das erste Mal, dass ich mich so frei fühlte. Manchmal, wenn ich den Hund spazieren führte, ging ich in ein Café, ich wählte es nach dem Dekor aus, am liebsten mochte ich Sitzbänke mit rotem Samtbezug und große Spiegel, ich schminkte mich wie für ein Rendezvous, ich zog meinen Mantel nicht aus. Es war ein grauer Gabardine-Mantel, den ich mir auf den Leib geschneidert hatte, in ihm fühlte ich mich elegant und selbstsicher.

Was hast du in diesen Cafés gemacht? Hast du gelesen? Dich mit Leuten unterhalten?, fragt Tsiala.

Nein, antwortet sie. Ich bestellte einen Kaffee, das war alles, was ich mir leisten konnte. Ich trank ihn genüsslich, in kleinen Schlucken. Tatsächlich genoss ich jede Minute. Es war mir bewusst, dass die Zeit davongeflogen war und mir vieles gestohlen hatte. Wenn ich so anonym dasaß, hatte ich das Gefühl, in der Mitte meines Lebens zu stehen. Und die Mitte ist nicht das Ende. Dieser Gedanke füllte mich ganz aus. Ich sah engumschlungene Paare, Familien, einen Vater und seine Tochter, Freunde, die laut lachten, und ich empfand nichts als Dankbarkeit ihnen gegenüber.

Ich verstehe, sagt Tsiala.

Eine lange Weile spricht keine von beiden, dann sagt Tsiala: Ich glaube, ich habe mit zu vielen Männern geschlafen.

Sie muss lachen: Soll ich jetzt schockiert sein?

Aber nein, antwortet Tsiala, daran ist nichts Schockierendes, ich sage das nicht wegen der Moral, es ist nur das, was ich empfinde, ich bin auf der Suche nach einer besonderen, einzigartigen Beziehung, aber ich kann der Neugier nicht widerstehen. Je mehr Bekanntschaften ich mache, desto weniger weiß ich, was ich erwarte.

Mein Liebling, ich wiederhole es, du denkst zu viel, viel zu viel, sagt sie zu ihr.

Und du, du bist bloß eine alte Schwätzerin, sagt Tsiala und geht zurück in die Wohnung. Ich muss los. Bis nachher.

Sie hört, wie die Wohnungstür hinter ihr zuschlägt. Sie bleibt noch auf dem Balkon. Sie fröstelt, mag sich aber nicht bewegen. Der kleine Park ist jetzt leer. Ein paar Passanten eilen die Gehwege entlang. Die Sonne wird jeden Augenblick hinter dem Haus gegenüber verschwinden. Dort versteckt sie sich für den Rest des Tages, sie sieht sie nie untergehen. Dabei hat ihr das immer gefallen: zusehen, wie die Sonne hinter dem Horizont verschwindet. Wird Tamas kommen? Thea und Nora sind die Einzigen, denen sie je von diesem sonderbaren Bund erzählt hat. Ohne Thea, ohne Nora hat er keine Existenz mehr. Der Tag geht zur Neige, und dieser Besuch kommt ihr vor wie ein Irrtum.

Sie versucht sich die Gesichter vor Augen zu rufen, die von Thea, Nora und das von Tamas, ihre Züge sind unscharf. Und ihre Stimmen? Allein die von Tamas klingt noch in ihren Ohren. Die Stimmen verblassen zuerst. Das ist schmerzlich, aber noch schmerzlicher sind die Momente, in denen sie mit voller Wucht zurückkehren, flüchtig, aber so klar wie ein Stück Glas. Das Telefon klingelt. Sie hat keine Lust dranzugehen. Sie zieht es vor, reglos zu bleiben. Sie hat es oft vorgezogen, reglos zu bleiben. Ihr Hang zur Kontemplation und zur Träumerei hat sie zu ihrer Krankheit geführt. Ihre Krankheit ähnelt ihr. Das erscheint ihr tröstlich. Manchmal verschmelzen in dieser reglosen Welt Wirklichkeit und Phantasie, Vergangenheit und Gegenwart. Das ist es, was sie sich immer gewünscht hat. Dass ihre mannigfaltigen Leben ein Ganzes bilden.

Du darfst nicht herumsitzen und nichts tun, sagte ihr Vater. Er schüttelte sie und zwang sie, sich zu beschäftigen.

Eine Hand legt sich auf ihre Schulter. Sie fährt hoch.

Habe ich dich erschreckt? Entschuldige, sagt Salome, wir haben mehrmals geklingelt und du bist nicht gekommen, zum Glück habe ich den Schlüssel.

Ihr seid ja schon fertig, sagt sie.

Nestans drei Töchter sind dunkelhaarig, klein, ihre Schönheit ist in der georgischen Gemeinschaft legendär. Sie sehen sich sehr ähnlich und sind zugleich sehr verschieden. Die Leute werden es nicht müde, sie zu vergleichen, idiotische Vergleiche. Es gibt die bedingungslosen Anhänger von Tami, die Bewunderer von Eliko und diejenigen, die nur Augen für Salome haben.

Wenn es dir nichts ausmacht, gehe ich nicht mehr nach Hause und bleibe bis heute Abend hier, sagt Eliko.

Ich auch, sagt Tami.

Ich nicht, sagt Salome, ich muss mich umziehen.

Sie hätte sich noch etwas Einsamkeit gewünscht vor der Feier, aber das kann sie ihnen nicht sagen. Eliko und Tami haben sich schön gemacht. Die eine trägt eine schwarze Tunika über einer Seidenhose. Die andere ein buntgemustertes Kleid. Salome hat Jeans an. Der oberste Knopf ist geöffnet. Sie ist schwanger.

Tami, du könntest die Zeit nutzen, um dein Kleid für Elikos Hochzeit anzuprobieren, sagt sie.

Ach nein, seufzt Tami. Keine Lust.

Du wirst es irgendwann anprobieren müssen, wenn du willst, dass ich es rechtzeitig ändere.

Ich werde noch abnehmen, erwidert Tami.

Hör doch auch, sagt Salome, du wirst bis zur Hochzeit nicht abnehmen.

Und warum nicht? Es ist noch ein Monat hin.

Sie holt das Kleid aus der Anrichte, wo es hinter der Nähmaschine verstaut ist, sie hat es nicht selbst genäht. Sie ändert es nur nach Tamis Wünschen. Eliko geht Tee kochen. Die Frauen ihrer Familie sitzen gern an einem Tisch zusammen und trinken Tee, während sie sich unermüdlich unterhalten.

Während sie klatschen und tratschen, scherzt Reziko oft, aber seine spitzen Bemerkungen lassen sie gleichgültig. Viele wichtige Dinge haben sich in diesem Raum abgespielt, um diesen Tisch herum, unter dem Vorwand, Tee zu trinken, Gebäck zu essen, einander die Haare zu schneiden oder anderer kleiner Freuden. Seit einiger Zeit ist das Hauptthema dieser Sitzungen Elikos Hochzeit. Sie heiratet einen griechischstämmigen jungen Mann, was eine orthodoxe Hochzeit in der griechischen Kirche ermöglicht, darauf freuen sich alle. Vor Eliko haben schon andere, ihre Enkel oder die ihrer Cousins, in dem gleichen Strudel von Erregung geheiratet, nach langen Stunden der Vorbereitungen, Diskussionen, manchmal Streitereien über den Ort und die Art, wie die Hochzeit gefeiert werden sollten. Salome ist die Einzige, die sich geweigert hat, kirchlich zu heiraten, und eine Ziviltrauung gewählt hat, in einem blassvioletten Samtkleid, das sie ihr maßgeschneidert hatte. Sie ist stolz, für jede der jungen Frauen die Hochzeitskleider entworfen zu haben, lauter Einzelstücke. Heute hätte sie nicht mehr die Kraft dazu. Sie schafft es gerade noch, ein Kleid passend zu machen. Sie erinnert sich an ihre Werke wie an Trophäen, die sie nicht schwenken kann und die nur zwischen diesen vier Wänden weiterleben.

Einige haben Verrat geübt, indem sie in der russischen Kirche heirateten.

Sie ist viel schöner als unsere georgische Kirche, die

einem Keller gleicht, sagten die Verräter, man kann doch nicht in einem Keller heiraten.

Es ist wahr, dass die neue Kirche kein einladender Ort ist. Die hübsche Gemeinde in der Rue François-Gérard mit ihrem kleinen Garten gibt es nicht mehr. Pater Melia, eine herausragende Persönlichkeit der georgischen Kolonie, hat ins fünfzehnte Arrondissement umsiedeln müssen. Die neue Kirche wird in einem Saal im Untergeschoss eines Wohnhauses eingerichtet. Es ist trotz allem ihre Kirche, einige feiern ihre Hochzeit dort, ohne zu murren. Man trifft sich dort zu jeder Messe wieder, die in Umarmungen, Schulterklopfen und Unterhaltungen übergeht, wenn diese nicht sogar vor Ende des Gottesdienstes beginnen. Die Totenfeiern finden dort statt, bevor man sich auf den Friedhof von Leuville begibt, begleitet von einem georgischen Chor – dieser besteht zumeist aus Laien, die gewiss nicht das Niveau des russischen Chors in der Rue Daru erreichen, aber es sind georgische Stimmen.

Die griechische Kirche ist ein guter Kompromiss. Der Priester ist verständnisvoll und lässt sogar zu, dass sie ihre Sänger mitbringen. Die Liturgie ist orthodox, die Gesänge georgisch und das patriotische Gefühl gerettet.

Man hört ein Kind weinen. Sie ruft aus: Sandriko ist da!

Er hat geschlafen, sagt Salome.

Tami geht die Tragetasche holen, in der ihr sieben Monate alter Sohn gerade aufgewacht ist. In den Armen seiner Mutter hört das Baby sofort auf zu weinen.

Kuckuck, Sandriko, sagt Eliko und beugt sich zu ihm.

Er lächelt ihr breit zu. Man legt ihr das Baby auf den Schoß.

Vorsicht, ich habe eine Nadel in der Hand, sagt sie.

Sie hat Zeit, die weiche Haut einer Pausbacke an ihrem Arm zu spüren.

Er hat Hunger, sagt Tami und entblößt eine Brust.

Ist es seine Zeit?, fragt Salome.

Das ist ihr egal, sagt Eliko, sie stillt nach Verlangen.

So wird das nie etwas, sagt Salome. In seinem Alter braucht er feste Zeiten.

Lasst mich in Ruhe, sagt Tami. Wenn es mir doch Spaß macht.

Trotzdem, sagt sie, solltest du nicht langsam daran denken, mit dem Stillen aufzuhören? Es ist wunderbar, aber er ist jetzt groß.

Ich höre auf, wenn es für mich stimmt, antwortet Tami.

Wundere dich nicht, wenn du nicht abnimmst, sagt Eliko.

Sie betrachtet das Bild, das Tami und das Baby abgeben. Es berührt sie schmerzlich. Sie versteht nicht warum. Sie hat Reziko und Nestan gern gestillt. In einem anderen Leben, so kommt es ihr vor.

Es ist sehr unangenehm, dass du dieses Heft herumliegen lässt, Tamuna, sagt Salome.

In besagtem Heft hat sie die Maße aller Familienmitglieder notiert.

Das stimmt, sagt Eliko, es braucht ja nicht alle Welt unsere Maße zu kennen.

Das enthüllt nichts sehr Intimes, hält sie dagegen.

Aber sie nimmt sich doch vor, das Heft aus Rücksicht auf derlei Empfindlichkeiten fortan besser zu verwahren. Eines Tages hat sie den Fehler begangen zu sagen, manche seien leichter anzuziehen als andere.

Ich glaube, ich werde doch noch zu Hause vorbeigehen, sagt Tami.

Kommen die Kinder heute Abend?, fragt Salome.

Ja natürlich, es ist der Geburtstag ihrer Urgroßmutter, ich will, dass sie dabei sind.

Warum hast du mir das nicht früher gesagt?, protestiert Salome, ich habe zu Ketino gesagt, der Abend sei nicht für Kinder.

Wie auch immer, sagt Tami. Es ist mein Wochenende, und ich kann sie nicht betreuen lassen. Nächsten Samstag werden sie bei ihrem Vater sein.

Tami hat sich vor ein paar Jahren scheiden lassen. Sie lebt jetzt mit dem Vater ihres jüngsten Kindes zusammen.

Kann ich mit zu dir kommen?, fragt Eliko.

Wenn du willst, antwortet Tami, die Kinder werden sich freuen, dich zu sehen.

Bring Ketino doch auch mit, sagt sie zu Salome, die plötzlich traurig und bitter wirkt.

Nein, was soll's, antwortet diese. Ich habe mich jetzt anders organisiert.

Tamas ist in den Milchladen gekommen, er hat dich gesucht, sagt Daredschan zu mir.

Tamas? Welcher Tamas?

Dein Tamas, sagt Thea, die Augen weit aufgerissen.

Der in Südfrankreich lebt, ergänzt Eka.

Ich lehne mich gegen die Wand des Ladens.

Warum jetzt?

Einen Augenblick lang fürchte ich, ich hätte tatsächlich einen Brief aufgegeben. Was unmöglich ist. Meine Briefe sind keine. Ich schreibe sie in ein Heft, das ich an einem geheimen Ort aufbewahre.

Er ist auf der Durchreise in Paris, er kommt nachher noch einmal vorbei, du brauchst ihm nur einen Treffpunkt und eine Uhrzeit zu hinterlassen.

Einverstanden.

Du wirst ihn doch nicht treffen?, fragt Eka. Und Badri?

Sei still, Eka, sagt Thea.

Badri hat damit nichts zu tun, sage ich. Tamas ist ein alter Freund.

Ich kann nicht warten. Ich bestelle ihn noch für den gleichen Tag in den Jardin du Luxembourg, von dem ich ihm in Gedanken so oft erzählt habe. Ich bleibe lange vor dem Spiegel stehen und studiere das Bild, das er mir zurückwirft. Hohe Wangenknochen, an diesem Tag graue Augen, mandelförmig. Eine vielleicht etwas lange Nase, die mir aber einen gewissen Charme verleiht. Ich lächle. Mein Lächeln ist perfekt, meine Zähne sind weiß und gerade. Ich schminke meine Lippen. Ich trage ein Kleid, das ich selbst genäht habe. Es ist granatrot. Es macht mich dünner. Mein Dekolleté kommt mir zu aufreizend vor. Ich ziehe etwas unter das Kleid, um den Ansatz meiner Brüste zu verbergen.

Ich komme zu früh und setze mich auf einen Stuhl in die Sonne. Ganz in der Nähe der Stelle, wo mein Vater und ich ein paar Jahre zuvor gesessen haben. Diese Zeit erscheint mir weit weg. Ich behalte davon eine Wunde zurück, die nicht verheilt. Sein Schatten fällt auf mich. Tamas beugt sich vor und ergreift meine Hände.

Wie glücklich ich bin, dich zu sehen.

Ich antworte einfach: ich auch.

Wir nehmen das Gespräch wieder auf, als wäre es nie unterbrochen gewesen. Ich verspüre keinerlei Befangenheit, wahrscheinlich, weil ich den Ausgang unserer Unterhaltung bereits kenne. Er erzählt mir von seinem Leben in Südfrankreich, der Nähe des Meeres und der Berge, die ihn an unser Georgien erinnert. Er studiert Architektur. Ich bin die ideale Gesprächspartnerin, ich hänge an seinen Lippen. Ich bin dabei, auf vieles zu verzichten. Ich empfinde darüber keinerlei Bitterkeit. Ich akzeptiere meinen Stand als Frau und Emigrantin. Er fragt: und du, das Zeichnen? Deine Skizzen? Was hast du daraus gemacht? Ich erkläre, das sei seit dem Verschwinden meines Vaters in den Hintergrund getreten. Ich arbeite, um Deda zu helfen. Thea hat sich an der juristischen Fakultät einschreiben können.

Außerdem, sage ich, muss man eine besondere Begabung haben, um an einem Künstlerleben festzuhalten.

Du hast eine besondere Begabung, sagt er.

Wir reden und reden. Es dämmert, wir bemerken es kaum. Ich fröstele. Er zieht seine Jacke aus, legt sie mir über die Schultern. Warum führt er mich nicht in ein Café, wo wir es warm hätten? Ich werde es nie erfahren. Ich werde nicht müde, sein Profil anzusehen, seine dicken, schwarzen Augenbrauen, seinen vollen Mund mit dem ewig ironischen Lächeln. Ich bin so damit beschäftigt, ihn zu betrachten, dass ich gar nicht merke, wie ich selbst beobachtet werde.

Weißt du, sagt er, ich bin oft bei eurem Haus in Batumi vorbeigegangen. Ich stand da, regungslos, stundenlang. Ich hörte euer Geschrei. Ihr habt laut geredet. Ich erinnere mich an die Stimmen deiner Großeltern. Ich starrte auf das Fenster eures Zimmers und auf die Dachluke, durch die du, wie du mir erzählt hattest, in den Himmel schautest.

Du hast spioniert?

Ja, ich habe dir nachspioniert. Ich glaube, ich kenne jeden Stein, jedes Detail eures Hauses. Wenn ich die Augen schließe, sehe ich es vor mir, wie es damals war.

Ich sehe es auch vor mir, einen Augenblick lang, das Haus, wie es damals war. Ich höre die Stimmen widerhallen, dann verschwindet alles wieder. Seine Hände haben sich auf meine gelegt, ich schlinge meine Finger um seine.

Batumi war die letzte georgische Bastion, die von den Bolschewiken eingenommen wurde, sagt er.

Das habe ich erfahren.

Wir schweigen, seine Finger streicheln meine. Georgien umschwebt uns, vielleicht ist es das, was uns verbindet. Die Stille macht mir Angst.

Manche Dinge sind unzerstörbare Säulen, die unser Leben stützen, sage ich, egal was passiert, sie sind da, und solange man sich ihrer bewusst ist, kann nichts sie uns nehmen.

Das ist es, was ich für dich empfinde, sagt er.

Ich spüre, wie eine seltsame Wärme in mir aufwallt, und eine leise Übelkeit.

Geh mit mir weg, sagt er. Du wirst dort glücklich sein.

Er weiß wahrscheinlich schon, dass ich weder Deda noch Thea verlassen werde.

Er sieht mich unverwandt an. Ich wende den Blick ab und entziehe ihm meine Hände. Das ist der schwierigste Moment. Ich habe etwas zu sagen, und ich tue es, ohne mich von ihm unterbrechen zu lassen.

Ich werde heiraten. Er ist Georgier, er heißt Badri. Ich erwarte ein Kind.

Er erstarrt und fixiert einen Punkt jenseits der Blumenbeete. Er sagt nicht: Heirate nicht, ich werde dieses Kind großziehen, ich kann nicht ohne dich leben.

Vielleicht weiß er, dass ich zu vernünftig bin, oder vielleicht denkt er nicht einmal daran. Ich hätte ihn danach fragen können, später, viel später. Um Gewissheit im Herzen zu haben. Gewissheit im Herzen oder ein gebrochenes Herz, macht das einen Unterschied?

Ich bedaure nicht, diesen Moment mit dir erlebt zu haben, sagt er schließlich.

Der Zauber ist gebrochen. Wir sind wie zwei Kutschen, die sich in Kürbisse zurückverwandelt haben. Das sage ich ihm, um die Stimmung aufzulockern. Er lächelt nicht. Er steht auf. Zumindest werden wir Kutschen gewesen sein, sagt er, nur darauf kommt es an, vergiss das nicht.

Er beugt sich vor, seine Lippen streifen meine Wange, dann meinen Hals, er streckt die Hand in meine Richtung aus, lässt sie wieder sinken und geht mit großen Schritten davon. Ich bleibe auf dem Stuhl sitzen, mitten im Park. Von weither ertönt die Trillerpfeife des Wächters.

Ein im Schloss gedrehter Schlüssel lässt sie zusammenzucken.

Was machst du da im Dunkeln?, fragt Nestan. Geht es dir gut, Mama?

Der Tag geht allmählich zur Neige.

Ja, es geht mir gut, ich brauchte etwas Ruhe. Ich muss eingedöst sein.

Nestan macht alle Lichter an.

Kannst du das Sauerstoffgerät in mein Zimmer räumen?, bittet sie.

Wirst du es nicht mehr brauchen?

Nein.

Einen Moment lang denkt sie, sie könnte ein für alle Mal darauf verzichten. Wenn sie nur nicht Angst hätte zu ersticken. Im Schlaf zu sterben, das wäre ihr am liebsten. Aber noch bis zum Sommer durchhalten. Seine Hitze spüren, seinen Duft auf der Haut.

Nestan hat sich umgezogen, sie trägt ein dunkelrotes Ensemble und hohe Absätze. Sie sieht blendend aus.

Das ist hübsch, was du da anhast, sagt sie zu ihr.

Es wird Zeit, dass du dich auch umziehst, sagt Nestan. Soll ich dir helfen?

Ich komme schon zurecht.

Sie steht auf. Während sie auf ihr Schlafzimmer zugeht, fühlt sie sich wie eine Verurteilte. Dazu verurteilt, dem Sterben ihrer einzigen Liebesgeschichte beizuwohnen.

Sie zieht das Kleid an, das auf dem Bett bereitliegt. Dann geht sie ins Bad, parfümiert und schminkt sich. Ihre Hand ist unsicher, sie muss zweimal neu ansetzen. Es klingelt mehrfach, die ersten Gäste treffen ein. Sie spitzt die Ohren. Er ist noch nicht da. Das würde sie spüren. Sie beginnt zu zittern, so heftig, dass sie sich auf den Badewannenrand setzen muss. Sie könnte da bleiben, nie wieder herauskommen. Dieses Zittern, es ist lächerlich. Sie streicht den Stoff ihres Kleides glatt, um ihre Hände ruhig zu halten.

Wo ist die Königin des Abends?, fragt man.

Wo ist die Alte?, schreit Gugu.

Er klopft an die angelehnte Tür und kommt herein, ohne ihre Antwort abzuwarten.

Was treibst du da auf dieser Badewanne?, fragt er.

Seit ein paar Jahren geht, sitzt, liegt, lebt Gugu im rechten Winkel gebeugt. Um sein Gesicht zu sehen, muss man sich herabneigen. Er hat keine Haare mehr, hat etwas zugenommen. Er ist wieder zu dem pausbäckigen Kind geworden, das er einmal war.

Ich komme, sagt sie.

Sie stützt sich auf seinen gekrümmten Rücken. Er geht mit Hilfe eines Stocks. Sie treten ins Wohnzimmer, ein merkwürdiges Gespann.

Daredschan und Stanko haben es sich in den Sesseln bequem gemacht, ein Glas in der Hand. Tamas wird zu spät kommen. Sie hat sicher noch einen Moment Ruhe.

Gaumardschos! Ein langes Leben!, rufen Daredschan und Stanko und erheben ihr Glas in vollkommenem Einklang.

Die Tür ihres Schlafzimmers ist aus den Angeln gehoben worden und der Länge nach auf zwei Böcke gelegt worden. Der Tisch ist gedeckt.

Hat man dir geholfen, den Tisch zu decken?, fragt sie Nestan.

Ja, mach dir keine Sorgen, antwortet ihre Tochter.

Wir werden nicht alle hinpassen, wirft Daredschan ein.

Doch, natürlich, das kriegen wir hin, es gibt immer Nachzügler und solche, die nicht am Tisch sitzen bleiben, oder diejenigen, die sich um die Kleinen kümmern, es wird schon gehen, sagt Salome.

Sie lässt sich aufs Sofa fallen. Stanko und Daredschan

beugen sich herab, um sie zu küssen, sie hält ihnen die Wange hin.

Achte auf deine Beine, sagt Gugu.

Was sagst du?, fragt Daredschan.

Ich rede mit Tamuna, sagt er.

Gugu kann es nie lassen, darauf hinzuweisen, dass sie nicht anständig sitzt, zu breitbeinig.

Sie drückt die Knie zusammen und zeigt ihm eine Grimasse, die er erwidert. Daredschan nimmt einen Handspiegel aus ihrer Tasche und zieht sich die Lippen nach, ihr Kopf wackelt bei jeder ihrer Bewegungen, eine Art Parkinson, der vor ein paar Jahren eingesetzt hat. Das hindert sie nicht daran, auf ihren Lippenstift Wert zu legen.

Wo ist deine Tochter?, fragt sie Daredschan.

Ihre Hände beginnen wieder zu zittern. Sie stellt ihr Glas ab und verschränkt die Arme. Sie hätte Tamas lieber nie wiedergesehen. In dieser Minute ist sie sicher.

Sie parkt das Auto, sagt Daredschan.

Deine Tochter ist nicht besonders begabt im Einparken, sagt Gugu.

Und dein Sohn ist nicht mal in der Lage, dir als Chauffeur zu dienen, kontert Daredschan.

Meine Cousine parkt sehr gut ein, das ist eine rein machistische Bemerkung, sagt Nestan.

Gugu bricht in dröhnendes Gelächter aus und hebt Nestan mit beiden Armen hoch.

Frieden, *genatswale*. Du verstehst also noch georgisch?

Das muss sie, sagt Daredschan. Wir sind noch nicht tot.

Es klingelt, sie erstarrt und lässt die Arme wieder sinken. Daredschans Tochter kommt herein.

Alles Gute zum Geburtstag.

Die Tür geht jetzt unablässig auf und zu. Der Raum füllt sich immer mehr. Das wirbelnde Kommen und Gehen lässt sie wieder ruhig werden. Sie sind alle da. Ihre Kinder, ihre Enkel, ihre Urenkel. Ihre Cousins und Cousinen, deren Kinder, Enkel und Urenkel. Die Männer und Frauen der einen und der anderen. Eine Rauchwolke schwebt über ihnen. Das erfüllt sie mit seltsamem Wohlbehagen.

Es sollte besser nicht geraucht werden, wegen Tamuna, sagt jemand.

Eine Welle von Protest erhebt sich.

Lass doch, sagt sie. Auf die paar Zigaretten kommt es bei mir nicht mehr an.

Da sind auch die Kinder.

Es gibt Babysitter, sagt Salome, ihr musstet sie ja nicht mitbringen.

Schön für dich, wenn ihr es euch leisten könnt, wir können es nicht, sagt Tami, außerdem sind sie nicht mehr so klein. Sie wollten gern kommen.

Ein paar Minuten später hat Salome den kleinen Sandriko auf dem Arm, wiegt ihn liebevoll und singt *Suliko*. Die Streitereien scheinen ihnen nie ernsthaft nahezugehen.

Er sieht Irakli ähnlich, findest du nicht, dass er etwas von Irakli hat?, meint Daredschans Tochter.

Ja, das stimmt.

Irakli ist vor ein paar Jahren gestorben. Er wartete auf den Bus. Sein Herz blieb stehen und er fiel um, ohne zu begreifen, dass er ging. Ein schöner Tod.

Er sieht vor allem Nestan ähnlich, sagt Iraklis Tochter.

Vielleicht, meine Damen, sieht er auch mir ein bisschen ähnlich, meint der Vater des Babys humorvoll.

Natürlich, ruft es von allen Seiten.

Köstlich, diese *chatschapuris*, sagt jemand.

Behaltet noch ein bisschen Platz für die *lobios* und das Hähnchen übrig.

Gehen wir zu Tisch.

In einem lärmenden Durcheinander nehmen manche Platz, andere stehen auf oder bleiben um den Sofatisch herum sitzen.

Tsiala kommt herein, gefolgt von einem großen, schwarzen jungen Mann.

Ich stelle euch Mathieu vor, sagt sie in die Runde.

Guten Tag, Mathieu.

Und das ist meine Großmutter, sagt Tsiala und schiebt Mathieu auf sie zu.

Er reicht ihr die Hand, sie ergreift sie und zieht ihn zu sich heran, um ihn zu küssen.

Ich habe schon viel von Ihnen gehört.

Hinter ihm schaut Tsiala sie grollend an.

Du hättest dich umziehen können, sagt Reziko zu Tsiala.

Mich umziehen? Papa? Für einen Geburtstag zieht sich kein Mensch mehr um.

Vielen Dank, sagt Tami. Ich habe ein Kleid angezogen.

Jeder tut, was er möchte.

Rückt ein Stück zur Seite, sagt Daredschans Tochter, ich muss mich kurz verstecken.

Dich verstecken?

Ich möchte es vermeiden, mit Rezikos Freundin reden zu müssen.

Wieso?, fragt Tsiala und wirft ihr vernichtende Blicke zu.

Ich bin mit deiner Mutter befreundet, das bin ich ihr schuldig.

Ich sehe das auch so, sagt eine Stimme.

Das ist etwas übertrieben, ihr seid in erster Linie Papas Cousinen, sagt Tsiala, und Mama ist es sowieso egal.

Außerdem seid ihr unhöflich, sagt Salome.

Mama, komm ans obere Tischende, ruft Nestan.

Sie setzt sich zwischen Gugu und Stanko. Stanko

hängt an einer Sauerstoffflasche auf einem Wägelchen, das er mit einer Hand hinter sich herzieht. Eine ähnliche Lungenerkrankung wie ihre, in einem weniger fortgeschrittenen Stadium. In der freien Hand hält er eine Zigarette. Er hat noch alle seine Haare, die jetzt eine weiße Mähne bilden.

Das ist Wahnsinn, sagt Daredschan einmal mehr zu ihm, indem sie auf seine Zigarette deutet.

Er bringt sie mit einer Handbewegung zum Schweigen. Sie sind seit über fünfzig Jahren verheiratet.

Sie denkt, wenn Tamas in diesem Moment klingelt, wird er sie zwischen einem zusammengeklappten und einem nach Luft schnappenden Alten vorfinden. Sie hatten sie ruhig zwischen zwei Jüngere platzieren können.

Und Tamas?, fragt Nestan.

Tamas soll kommen?, hakt Stanko nach.

Ihr wisst ja, wie die Georgier sind, sagt sie, er wird sicher nicht kommen.

Sie begegnet Stankos Blick und hat das Gefühl, dass er ihre Gedanken liest.

Sie beginnt zu schwitzen. Sie presst die Hände gegeneinander, sie sind feucht. Sie schämt sich.

Oder er ist tot, sagt Daredschan. Das ist alles, was uns jetzt noch erwartet.

Mama, das ist nicht lustig, erwidert ihre Tochter.

Gugu klopft mit einer Gabel an sein Glas, damit Ruhe eintritt. Er ist der *tamada*. Ein Tischmeister, der sich nicht aufrichten kann, das könnte eine komische Szene in einem Film sein. Sie erheben das Glas auf ihren Geburtstag, auf ihre Gesundheit. Dann übergibt Gugu *alaverdi* an Stanko. Jetzt ist es an ihm, einen Trinkspruch zu Ehren eines jeden Gastes auszubringen. *Gaumardschos!* Sie wirft einen Blick auf den Wecker. Zweiundzwanzig Uhr zehn. Er wird nicht kommen. Sie sieht Tsiala und Mathieu an. Sie sitzen einander gegenüber und lassen sich nicht aus den Augen.

Er ist schon sehr schwarz, oder?, sagt Daredschan.

Was? Wer?, fragt sie.

Er sieht gut aus, sagt Tami.

Trotzdem, murmelt Daredschan.

Gugu zwinkert ihr zu, sie möchte am liebsten loslachen.

Wenigstens isst Gugu jetzt, ohne zu kleckern, sagt Stanko, als er ihn über seinen Teller gebeugt sieht.

Sie lachen.

Wann machst du eine Reportage über Georgien?, fragt Daredschan Salome.

Ich habe gerade illegale Einwanderer gefilmt.

Ach ja, das habe ich gesehen.

Es war nicht schlecht.

Ihr könntet mir etwas dazu sagen, wenn ihr es gesehen habt, sagt Salome.

Illegale Einwanderer, das ist kein besonders mitreißendes Thema.

Es geht um Migration.

Schließlich haben wir auch einen Migrationshintergrund, wenn ich euch daran erinnern darf.

Das ist nicht das Gleiche, es war eine andere Zeit.

Was soll das heißen, eine andere Zeit?

Frankreich kann nicht alle Leute aufnehmen.

Schon wieder diese Fascho-Reden …

Was für Fascho-Reden?

Seid still, ich bringe einen Trinkspruch aus.

Stanko steht auf. Wir erheben unsere Gläser. Auf Georgien diesmal. *Gaumardschos!* Wir stimmen das gewohnte Lied an, ein *mrawal shamier.*

In den dreißiger Jahren gehen wir oft tanzen. Nora und Pierre ziehen uns, Badri und mich, mit. Manchmal locken sie uns auch auf ein Glas in russische Nachtlokale. Die Zigeunerlieder machen uns trunken und wehmütig. Das haben wir alle vier gemeinsam, eine Wunde, die wir versuchen zu verbergen. Nora und Pierre haben geheiratet. Ich war ihre Trauzeugin, Nora war meine. Unsere Kinder sind im gleichen Alter. Nora hat drei kleine Töchter. Nestan ist geboren, drei Jahre später Reziko. Meine Mutter lebt mit uns zusammen in der kleinen Wohnung im fünfzehnten Arrondissement. Thea ist kurz vor meiner Hochzeit ausgezogen. Deda schläft jetzt mit den Kindern im Schlafzimmer. Badri und ich haben uns an ihrer Stelle im Wohnzimmer eingerichtet. Wir sprechen untereinander Georgisch, das ist mir wichtig, damit die Kinder nicht vergessen, sie werden doch ein wenig vergessen, daran werde ich nichts ändern können. Ich arbeite weiter als Ankleiderin. Deda arbeitet nicht mehr, sie widmet sich den Kindern. Für sie hat sie eine neue Betätigungsform gefunden. Sie leiht sich Geld, das sie nicht wird zurückzahlen können. Sie hat ein ganzes Netzwerk von alten Freundschaften, die sie seit Jahren pflegt, und diese Freunde tun nichts lieber, als Deda, der so tapferen, strahlenden, großzügigen, zu helfen. Ihnen kann ich keinen Vorwurf machen. Sie kauft einen neuen Mantel für Reziko, ein paar Schuhe für Nestan. Gute Steaks, die sie für die Gesundheit der Kinder für unerlässlich hält. Ich missbillige das, sie weiß es, macht aber hinter meinem Rücken weiter. Badri hat keine Ahnung von den Machenschaften seiner Schwiegermutter, oder er tut nur so. Er hat in einer Tankstelle ganz in der Nähe Arbeit gefunden. Wenn er nach Hause kommt, riecht er nach Benzin. Eine Zeitlang zwinge ich ihn, zweimal zu duschen, bevor er ins Bett kommt, aber der Geruch bleibt. Er wird schließlich zu einem Teil unseres Lebens. Badri beginnt, nachts zu arbeiten. Mir ist es lieber so, er kommt im Morgengrauen nach Hause, wenn ich aufstehe, um mich um die Kinder zu kümmern. Er streicht ihnen mit der Hand über die Köpfe.

Puh, du riechst nach Benzin, Papa, sagt Nestan.

Er zieht sich widerstrebend zurück. Ich versuche, Nestan und ihn einander näherzubringen, aber sie ahmt mich nach und erzählt jedem, der es hören will, dass der Benzingeruch sie krank macht. Reziko seinerseits lauert auf die Sammelbildchen, die die Tankstelle an ihre Kunden verteilt. Sein Vater hat die Taschen voll davon. Der Sonntag ist der einzige Tag, an dem wir das Bett teilen. An diesem Tag bin ich seine Frau. Ich komme meinen Pflichten mit so viel Zärtlichkeit nach, wie ich kann. In Wahrheit fühle ich mich wie ein Stein, den man von seinem Sockel bewegen wollte. Man rüttelt an ihm? Er erzittert und fällt dann mit seinem ganzen Gewicht an dieselbe Stelle zurück, vielleicht noch etwas tiefer.

Vielleicht ist er ein schlechter Liebhaber, sagt Nora zu mir, hör auf, dir Vorwürfe zu machen.

Ich weiß es nicht, ich habe keinen Vergleichswert.

Ich lüge, sie weiß das. Allein schon die Küsse von Tamas sind ein Vergleich. Irgendetwas stimmt nicht, aber ich muss mich mit dieser Feststellung begnügen. Das ist das Einzige, was für uns alle zu tun ist. Ich rede mit niemandem mehr über Tamas. Ich bin Badris Frau, und ich will eine gute Ehefrau sein.

Ich bin hart, sage ich zu Nora, mein Mann ist liebenswert, das sagst du selbst. Ich will nicht diese harte, vertrocknete Frau sein.

Du bist nicht diese Frau, die du beschreibst, sagt Nora und lächelt.

Sie kneift mich in die Hüften und die Wangen.

Du wirkst doch sehr appetitlich.

Sie kitzelt mich, am Ende muss ich lachen.

Dein Mann versprüht seinen Charme, wo er geht und steht, sagt sie zu mir, er liebt es, dass man ihn liebt, er ist ein Verführer, du siehst das nicht einmal. Hör auf, dich schuldig zu fühlen. Diese Sorte Mann gibt nicht immer die besten Liebhaber ab.

Ich höre ihr kaum zu.

Deda küsst meine Kinder öfter als ich, sage ich, es ist nicht so, dass ich sie gar nicht küsse, aber ich bin zurückhaltend. Dabei liebe ich sie, wenn du wüsstest, wie ich sie liebe.

Natürlich, sagt Nora.

Nein, es ist nicht natürlich. Du küsst mich auch, du umarmst mich. Und ich? Was bin ich denn für eine Freundin, wenn ich dir meine Zuneigung nicht zeige?

Hör auf damit, sagt Nora, ich habe keine bessere Freundin als dich. Ich habe dich mir so ausgesucht, wie du bist.

Hör zu, Nora. Heute Nacht hatte Nestan einen Albtraum, ich bin aufgestanden, da war sie schon in Dedas Bett gerannt.

Sie schlafen im gleichen Zimmer, das ist doch normal, sagt Nora.

Lass mich ausreden. Ich habe sie angeschaut, durch den Türspalt. Nestan war dicht an meine Mutter gekuschelt, sie weinte und sagte immer wieder: Bebia, Bebia, und Deda wiegte und streichelte sie. Mir war kalt. Ich hätte zurück in mein Bett gehen sollen, aber ich schaute sie an, ohne mich rühren zu können, und ich musste weinen. Ich, die ich doch nie weine, habe so sehr geweint, dass die Tränen mir über die Wangen geströmt sind und eine Pfütze auf dem Parkett gebildet haben. Nichts hätte sie aufhalten können.

Bebia und Babu sind wahrscheinlich längst tot. Ich werde nie erfahren, wie sie gestorben sind, und ich war nicht da, um sie zu wiegen.

Nora nimmt meine Hand und drückt sie.

Siehst du, sage ich, ich gebe dir meine Hand, aber ich mag dieses Gefühl nicht, ich würde sie am liebsten wegziehen. Heute habe ich wieder keine Tränen mehr. Ich hielt früher Bebias Hand. Ich war zart damals, ich war weich. Ich fühle mich so hart, Nora, so hart, dass es mir wehtut.

Nora lässt meine Hand nicht los, sie legt ihre Arme um mich, ich lasse es zu.

Du bist mir so kostbar, ich habe solches Glück, dass ich dich habe, sagt sie. Wir haben alle Glück, dass wir dich haben.

Wir gehen an einer Straßenecke auseinander, ich halte sie einen Augenblick zurück und flüstere: Ich liebe dich, Nora.

Ich dich auch, antwortet sie.

Thea hat nicht geheiratet, sie lebt mit einem Mann zusammen, der älter ist als sie. Jedes Mal, wenn er um ihre Hand anhält, wiederholt sie ihre ablehnende Antwort.

Warum sagst du nein? Er will dir Sicherheit geben, sage ich zu ihr.

Sicherheit?, fragt sie zurück. Ich war nie vor irgendetwas sicher. Ich liebe ihn, weißt du.

Sie steht kurz davor, ihren Eid abzulegen, um Anwältin zu werden. Ich bin stolz auf sie. Sie wünscht sich Kinder, bekommt aber keine. Ich dränge sie, zu einem Arzt zu gehen, aber sie sagt, man muss den Dingen ihren Lauf lassen, wenn es sein soll, wird es kommen. Sie besucht uns oft. Badri ist immer häufiger weg. Wir leben fast getrennt, er schläft bei seiner Mutter in Le Vésinet. Ich habe den Verdacht, dass es eine andere Frau gibt. Ich bin nicht eifersüchtig. Aber ich leide darunter, verlassen zu werden. Thea spielt unermüdlich mit Nestan und Reziko. Sie ist ihre liebste Spielgefährtin, sie legt sich mit ihnen auf den Boden, lässt sie auf ihrem Rücken reiten, spielt in der winzigen Wohnung Zug. »Tuut, tuut«, ruft sie, »auf nach Tbilissi, auf nach Batumi, wir fahren ans Meer, wir fahren in die Berge.«

Eines Abends, als ich nach einem Arbeitstag nach Hause komme, wartet Deda schon an der Tür auf mich, und ihr Gesichtsausdruck versetzt mich in Angst und Schrecken.

Was ist los? Ist den Kindern etwas passiert?

Es ist Thea, sagt Deda, sie ist wieder hingefallen.

Wie, wieder?

Thea ist schon ein paarmal auf der Straße, in der Metro, an der Universität hingefallen, und sie haben es mir verheimlicht.

Sei nicht böse, murmelt Thea. Ich wollte dich nicht beunruhigen.

Sie liegt auf dem Schlafsofa im Wohnzimmer.

Habt ihr einen Doktor gerufen?

Waliko ist unterwegs.

Waliko war einer der engsten Freunde unseres Vaters, er war in Georgien Arzt und ist nach uns in Paris angekommen.

Vielleicht sollte man einen anderen Arzt rufen.

Ich lese in ihren Augen, dass das nicht in Frage kommt.

Du führst ein zu rastloses Leben. Du gehst zu viel aus, du musst aufpassen, sagt Deda.

Thea geht gern aus, sie zieht mich oft mit, wir tanzen Charleston, darin sind wir sehr gut.

Thea lächelt.

Wo tut es dir weh? Warum fällst du hin?

Ich weiß es nicht, antwortet sie mir, es tut mir nirgends weh, es ist wie eine plötzliche Erschöpfung, dann tragen mich meine Beine nicht mehr.

Du brauchst sicher Vitamine.

Nestan und Reziko stürmen herein.

Thea, komm und spiel mit uns, rufen sie.

Sie steigen aufs Bett, klettern auf Thea.

Heute nicht, sagt Deda, sie muss sich ausruhen.

Ihr dürft mich aber trotzdem umarmen, sagt Thea. Sie schlingen ihre Ärmchen um sie und drücken ihr Küsse auf die Wangen.

Igitt, nasse Schlabberküsse, ruft sie und wischt sich ab.

Sie lachen laut. Ich bringe sie in ihr Zimmer.

Waliko kommt bald, er umarmt uns alle drei.

Was für Schönheiten, ich würde euch sofort mitnehmen, scherzt er.

Er legt seinen Hut aufs Bett und setzt sich zu Thea. Deda schreit auf, ich seufze und nehme schnell den Hut vom Bett.

Das bringt Unglück, sagt Deda. Ich nehme ihren Aberglauben nicht ernst, aber heute fahre ich auch hoch, wenn jemand einen Hut auf ein Bett legt oder mir das Salz von Hand zu Hand weiterreicht.

Waliko untersucht Thea.

Ich finde nichts Außergewöhnliches, sagt er, aber du scheinst etwas Fieber zu haben.

Er befragt uns über ihre Stürze. Wann? Wie? Wie lange schon?

Dann ist es also nichts weiter?, fragt Deda.

Sie feiert viel, sage ich.

Waliko zwinkert Thea zu.

Du hast ganz recht, du musst ja einen Mann zum Heiraten finden, sagt Waliko und tut so, als würde er Theas Beziehungssituation nicht kennen.

Sie hat Verehrer, aber sie will keinen Ehemann, sagt Deda, sie ist stur wie ein Esel.

Und was ist mit mir?, fragt Waliko und wirft sich in die Brust, siehst du nicht, was ich für ein schöner Mann bin?

Du bist ein schöner Mann, das stimmt, sagt Thea lachend. Aber mein Herz ist schon vergeben.

Er steht auf, wir setzen uns an den Tisch und bieten ihm einen Kaffee an.

Es ist sicher nichts weiter, meint Waliko, etwas Erschöpfung, wie du sagst, Tamuna, aber ich denke, sie sollte ins Krankenhaus gehen und sich untersuchen lassen.

Bevor er die Wohnung verlässt, steckt er diskret ein paar Geldscheine in eine Vase, die auf der Anrichte steht. Ich habe ihn nie davon abbringen können. Es ist seine Art, uns zu helfen. Und es hilft uns.

Ich begleite ihn ins Treppenhaus und flüstere: Bist du beunruhigt?

Nein, nicht beunruhigt, sagt er, aber man fällt nicht einfach so grundlos hin, man muss herausfinden, was los ist. Bring sie ins Krankenhaus. Und mach dir keine Sorgen, *genatswale*, sie muss sich ausruhen.

An einem Sommernachmittag kommt Thea ins Krankenhaus. Wir, meine Cousins und Cousinen und ich, begleiten sie. Der Raum, in den sie gebracht wird, gleicht einem Flur. Die Betten und die Kranken sind darin aufgereiht wie in einem Schlafsaal. Die Örtlichkeiten sind heruntergekommen, aber geräumig und hell. Fast zu hell. An sonnigen Tagen wird die Hässlichkeit noch deutlicher, die unschönen Details treten hervor wie unter einer Lupe. Theas Müdigkeit wird immer größer. Innerhalb von ein paar Tagen kann sie nicht mehr laufen.

Kein Wunder, sagt Daredschan, sie bewegt sich nicht genug und man stopft sie mit Medikamenten voll, ich wüsste nicht, wie sie da wieder zu Kräften kommen sollte, im Gegenteil, sie wird immer schwächer.

Man muss sie hier herausholen, sagt Irakli.

Deda, meine Tante und mein Onkel überlassen uns alles. Sie kennen sich in der Welt der Krankenhäuser nicht aus, sie verstehen die Sprache der Ärzte nicht immer. Waliko kommt jeden Tag, aber auch er scheint überfordert zu sein. Ich habe Mitleid mit ihm und seinem Ohnmachtsgefühl. Man findet nicht heraus, worunter Thea leidet. Sie unterzieht sich Blutentnahmen, Lumbalpunktionen, schmerzhaften und demütigenden Untersuchungen. Wir bemühen uns, ihr den Aufenthalt angenehmer zu gestalten, wir bringen ihr Essen von zu Hause, Kissen, um ihren Kopf und ihre Beine zu stützen, wir wechseln uns ab, um sie so wenig wie möglich allein zu lassen. Die ganze georgische Gemeinschaft zieht durch ihr flurartiges Zimmer. Wir singen ihr Lieder vor, wir leben an ihrem Bett, jeder bringt ihr ein paar Bruchstücke des Lebens draußen mit.

Ich bin wie Dornröschen, sagt Thea, ein Zauber hat mich ans Bett gefesselt, und ihr alle seid mit betroffen, dazu verdammt hierzubleiben, ohne euch vom Fleck zu rühren.

Ich lächle: Mein Gott, die Schlösser sind nicht mehr das, was sie einmal waren, auch die Märchenprinzen nicht.

Ach ja, die Märchenprinzen, sagt Thea.

Ihrer ist an ihrer Seite. Aber er hält es nicht gut aus, sein Gesicht ist ganz eingefallen und er wirkt noch älter, als er ist.

Ich beobachte Thea, sie ist blass, ihr Teint fast wächsern, sie ist abgemagert, durch das Krankenhausnachthemd sieht man ihr Schlüsselbein und ihre Ellbogen hervorragen.

Wir sollten etwas anderes zum Anziehen für dich auftreiben als dieses Hemd.

Meinst du für den Fall, dass ein Märchenprinz auftauchen sollte?

Nein, im Ernst, Thea, sagt Eka, wir könnten dir ein paar Kleider mitbringen, ich bin sicher, das würde zu deiner Genesung beitragen.

Wenn ihr wollt. Sie schließt unvermittelt die Augen. Sie schläft ein.

Wir sind alle sechs im Krankenzimmer versammelt. Wir sehen ihr beim Schlafen zu. Wir wagen nicht, uns zu bewegen und auch nicht in den Augen der anderen zu lesen, was wir darin zu sehen befürchten.

Wir ziehen sie an. Sie lässt uns gewähren.

Du siehst aus wie eine Porzellanpuppe, sagt Gugu.

Niemand sagt etwas dazu. Die Ärzte wollen mit der Familie reden. Wir beschließen, dass Deda hingehen wird, begleitet von meinem Onkel und meiner Tante, und Irakli als Übersetzer.

Nein, ich werde übersetzen, es ist an mir, bei Deda zu sein.

Irakli stimmt zu und lässt mich in das Sprechzimmer des Arztes treten. Thea leidet unter einer Krankheit, deren Namen ich nicht behalte, eine Krankheit, die sich im Blut ausbreitet und die sie am Ende umbringen wird. Keine Behandlung kann sie mehr aufhalten, das behalte ich. Auf die Worte des Arztes folgt Stille. Ich muss reagieren, wie kann ich das meiner Mutter übersetzen? Wie kann ich ihr, die schon ihren Mann, ihre Eltern, ihre Freunde, ihr Land verloren hat, die sich nie an das Leben hier gewöhnen konnte, mitteilen, dass ihr noch eine Prüfung – vielleicht die schlimmste – bevorsteht? Ich lasse meine Züge zur Maske erstarren, ehe ich mich ihr zuwende. Ich sehe den Schrecken auf ihrem Gesicht und brauche kein Wort zu sagen. Meine Tante beginnt zu schreien, mein Onkel versucht sie zu beruhigen, Deda stürzt sich auf sie, packt sie an den Schultern.

Sei still, sei still, ruft sie, Thea darf dich nicht hören, sie darf es nicht wissen.

Verzeihung, Verzeihung, *bodischi*, schluchzt meine Tante und nimmt meine Mutter in die Arme.

Wir verlassen das Sprechzimmer des Arztes, das Krankenhaus. Meine Cousins und Cousinen folgen uns. Wir weinen, glaube ich. Ich weine nicht, glaube ich.

Ich gehe zurück zu Thea.

Also, fragt sie mich, was sagen die Ärzte? Haben sie etwas gefunden?

Ich versuche, munter zu klingen.

Ja, du hast eine Blutkrankheit, ein paar Medikamente und du wirst wieder gesund. Aber du wirst lange hierbleiben müssen, dich ausruhen und die Behandlung auf dich nehmen, das wird manchmal schwer sein, aber wir helfen dir, wir werden da sein und dich begleiten.

Meinst du, ich werde meinen Abschluss machen können?, fragt sie mich.

Ich will mich erkundigen, man kann ihn bestimmt über Fernstudium machen oder verschieben.

Die Leute dachten, ich wäre verrückt, mit einem Alten zusammenzuleben, sagt sie, und ich würde eines Tages zu seiner Krankenschwester werden. Man weiß nie irgendetwas.

Ich benachrichtige die juristische Fakultät, Theas Freunde, viele von ihnen kommen sie besuchen, bringen ihr ihre Mitschriften, manche wundern sich darüber, wie viel um sie herum los ist, über das Leben, das wir hierher verlagert haben, innerhalb der Krankenhausmauern.

War es richtig, sie anzulügen? Ich habe sie nicht entscheiden lassen. Was hätte sie mit der Zeit, die ihr blieb, machen wollen, wenn ich die Wahrheit gesagt hätte? Immer lügen. Wir hatten nie etwas anderes getan. Lügen über das Verschwinden unseres Vaters, lügen über die mögliche Rückkehr, lügen über unsere Lieben. Unsere Leben sind nichts als Lügen.

Doch in diesem Moment, als ich in Theas Gesicht sehe, das voller Hoffnung zu mir aufblickt, scheint es mir das Einzige zu sein, was ich tun kann.

Eine Stationsschwester will mich sprechen. An ihrer Seite lächelt mir die junge Krankenschwester zu, die sich um Thea kümmert. Ich lächle zurück.

Das kann so nicht weitergehen, sagt die Frau in Weiß zu mir, Sie sind hier nicht zu Hause, dieses Krankenhaus ist kein Zirkus, es heißt, Sie hätten sogar gesungen.

Wir fragen die anderen Kranken immer vorher, ob es sie nicht stört, ich glaube sogar, es gefällt ihnen, und es tut ihnen sicher gut. Hat sich jemand beschwert?, frage ich naiv.

Ich lauere auf Zustimmung im Blick der jungen Krankenschwester, sie nickt stumm, sagt aber nichts, von ihrer Chefin eingeschüchtert.

Das will ich gar nicht wissen, sagt die Stationsschwester, ohne meine Frage zu beantworten, es ist gegen die Vorschriften, es dürfen nicht mehr als zwei Personen auf einmal zu Besuch kommen, und es muss ruhig zugehen.

Hören Sie, Madame, meine Schwester ist noch keine fünfunddreißig, sie wird sterben, sie ist weit weg von ihrer Heimat. Wir werden nichts ändern, wir werden um sie herum sein, wir werden ihr beistehen, wir werden singen, so ist das bei uns.

Ich werde den Professoren Bericht erstatten, Sie führen mich nicht an der Nase herum, alle hier werden sterben und niemand hat Ihre Ansprüche.

Ich halte an mich, um nicht loszuprusten. Später, als ich die Szene meinen Cousins und Cousinen erzähle, lachen wir schallend.

Wo werden wir sie begraben?, fragt Daredschan.

Sei still, sagt Irakli.

Nein, sie hat recht, sage ich, wo werden wir sie begraben? In Leuville, nehme ich an.

Aber wenn wir heimkehren? Wir können sie doch nicht allein in Frankreich zurücklassen, sagt Eka.

Du glaubst noch daran?, meint Gugu. Dummkopf.

Wenn wir eines Tages heimkehren, wird der Friedhof von Leuville voller Georgier sein, sie wird nicht allein sein, das kannst du mir glauben, sagt Irakli.

Durch irgendein Wunder schafft es Noras Mann, uns ein Einzelzimmer zu besorgen. So können wir dem Zorn des weißen Drachens leichter entgehen. Theas Kräfte schwinden. Eines Abends bin ich mit ihr allein. Sie ist seit über einem Monat im Krankenhaus. Sie redet fast nicht mehr.

Bist du mit Badri glücklich gewesen?, fragt sie mich.

Sie haucht nur noch, ich muss mich vorbeugen und mich konzentrieren, um sie zu verstehen.

Ich glaube nicht. Aber er war mit mir auch nicht glücklich. Ich mache mir Vorwürfe. Wir waren nie ineinander verliebt. Wir waren nicht einmal Freunde. Und du, Thea? Bist du glücklich gewesen?

Existiert das Glück in der Gegenwart?, antwortet sie.

Sie schweigt, schöpft Atem.

Ich habe kein Kind bekommen, sagt sie, ich werde keines bekommen. Nach mir wird nichts mehr sein.

Ich bin da, ich bin da gewesen und werde da sein.

Das Schwerste ist, flüstert sie, zu gehen und dich allein zu lassen. Allein mit unserer Kindheit. Und mit dem Andenken an Papa. Ich dachte, zu zweit würden wir stark genug sein, um es zu bewahren.

Ich greife nach ihrer knochigen Hand. Ihr Körper hat

schon die blaue, wächserne Farbe angenommen, die er im Tod haben wird.

Erinnerst du dich an den Schlüssel, fragt sie mich, den kleinen Schlüssel von meinem Puppenschrank?

Ja.

Ich habe ihn immer noch. Er ist zu Hause. Wirst du ihn nehmen?

Ich kann nicht antworten.

Ich habe Angst, sagt sie noch.

Eine Träne läuft über ihre Wange. Ich wische sie mit der Hand ab, ich wiederhole: Ich bin da.

Aber sie ist schon allein, um dem gegenüberzutreten, was nun kommt. Ich kann nichts für sie tun, und das ist schon ein Schmerz.

Ich betrachte den Urinbeutel unter dem Bett. Die Nadel, die in ihrem Arm steckt und sie gefangen hält. Durch das Fenster, die Lichter der Stadt, die den Himmel über den Dächern färben. Die letzten Dinge, die sie sehen wird, wenn sie geht.

Sie stirbt. Zwei Tage lang, den Kopf zurückgeworfen, den Mund geöffnet, mit einem heiseren, unablässigen Röcheln. Es erfüllt den Raum und ist bis ans andere Ende des Flurs hörbar. Wir warten, wir flüstern ihr zu, dass wir sie lieben. Ich sage lauter Dummheiten, die am Ende einem Gebet gleichen. Ich rede von Batumi, vom Wind, der vom Meer kam und der ihr solche Angst machte. Ich sage: Der Sturm ist vorüber, das Meer ist ruhig, die Sonne steht hoch am Himmel, du brauchst keine Angst zu haben.

Ich habe Angst, ich möchte schreien: Lasst sie nicht im Dunkeln, sie braucht ein Nachtlicht.

Der Priester kommt, wir zünden die Kerzen an, wir singen. Eine Krankenschwester rennt panisch herum, weil die Flammen unter dem Feuermelder sind. Sie befürchtet eine Explosion. Das bringt die Kinder zum Lachen. Irakli, Gugu, Stanko und Theas Lebensgefährte tragen den Sarg. Als er im Grab versunken ist, bestreuen wir ihn mit etwas georgischer Erde. Nestan und Reziko werfen Zeichnungen für sie hinein. Stanko steht an meiner Seite, ich nehme die Hand nicht, die er mir reicht. Nora legt ihre Arme um mich, aber ich stoße sie zurück. Jede Berührung verletzt mich. Nur die Kinder tun mir gut. Ich drücke ihre kleinen Finger. Badri ist nicht da. Deda wirft sich zu Boden und fängt an zu schreien. Ich sehe zu, wie Gugu und Irakli ihr aufhelfen und sie aus dem Friedhof hinausführen. Nichts wird ihren Schmerz stillen können. Sie wird nur lernen, ihn im Zaum zu halten.

Nach der Beerdigung gehen wir zu Nora. Die ganze Gemeinschaft ist da, wir singen, tanzen und sprechen über Thea.

Es ist gut, dass wir uns von ihr verabschieden konnten, sagt Gugu zu mir.

Ich lege meinen Kopf auf seine Schulter und schließe die Augen.

Nach Theas Tod lässt sich Badri endgültig bei seiner Mutter, seinem Bruder und dessen Frau in Le Vésinet nieder. Meine Schwiegermutter würde sich wünschen, dass ich mit den Kindern auch zu ihnen ziehe. Ich lehne ab. Sie haben ein richtiges Haus, auch wenn es am Verfallen ist, mit einem Garten voller Gestrüpp und Brombeerranken, den die Kinder an manchen Tagen des Jahres als ihren betrachten. Badri hat seinen Vater nicht gekannt. Dieser hat Georgien kurz vor seiner Geburt verlassen, um der Polizei des Zaren zu entfliehen. Er war in Georgien Pilot, einer der allerersten, dann politischer Bankräuber, Kindheitsgefährte oder mutmaßlicher Halbbruder von Josef Dschugaschwili, genannt Stalin, in Gori. Sein Vater und meiner waren politische Feinde, als sie zur gleichen Zeit in Tbilissi lebten. Der von Badri verachtete die Sozialdemokraten, Menschewiken, Intellektuellen, Gemäßigten und Snobs. Mein Vater fürchtete den übersteigerten Nationalismus der jungen roten Revolutionäre. Badris Vater ist für seinen verlassenen Sohn eine ungreifbare Figur, eine schmerzliche Legende. Später, als Badri ihm nach Frankreich gefolgt ist, hat er einen Mann vorgefunden, der sich nicht für ihn interessierte, der mit einer anderen Frau ein Kind bekommen hatte, einen zweiten Sohn. Dieser

Mann hat ihn weggeschickt. Fürchtete er die Männer Stalins, die hinter all seinen früheren Genossen her waren? Badri hat ihn nicht mehr wiedergesehen, hat seinen Namen nicht mehr aussprechen wollen. Später ist er seinem Halbbruder begegnet, den ihr Vater ebenfalls verlassen hatte. Ich glaube nicht, dass ihm das ein Trost war.

Wir ziehen auch um, ich weiß nicht mehr, wer das entscheidet. Diese Vorkriegsjahre erlebe ich nicht richtig mit. Wegen Theas Tod? Ich erinnere mich an meine ständige Sorge um die Kinder. An meine Bemühungen, fröhlich zu sein.

Man findet ein winziges Reihenhaus im dreizehnten Arrondissement für uns. Wir haben ein Stück Rasen und einen Baum, der uns Schatten gibt, im Winter wie im Sommer. Unsere georgischen Freunde kommen in großer Zahl, um die Betten, die paar Möbel und Gegenstände zu transportieren, die uns nach all der Zeit gehören. Bis auf ein paar Ausnahmen sind es seit Leuville die gleichen. Weggefährten, notdürftig ausgebessert, deren Farbe ich oft geändert habe. Wenn die Kinder ihren Vater besuchen, fehlen sie mir so sehr, dass ich es kaum fassen kann. Mir wird klar, dass ich aufhören muss, an sie zu denken. Deda und ich finden uns zu zweit wieder. Eine Mutter und ihre Tochter. Ich gehe aus, um dieser Ausschließlichkeit zu entkommen. Ich gehe mit Nora tanzen. Wir tanzen Charleston. Ohne Thea.

Nora verkündet mir, dass sie sich scheiden lässt. Sie ist nicht mehr verliebt und erträgt diese Vorstellung nicht. Mich macht es traurig, ich habe Pierre gern.

Ich höre über die georgische Kolonie von Tamas. Er ist Architekt geworden, hat eine Französin geheiratet, die er in die USA mitgenommen hat. Er respektiert mein Schweigen, oder er hat dieses Schweigen errichtet, ich weiß es nicht mehr. Ich informiere ihn nicht über meine Trennung von Badri.

Freunde von Nora haben ein Haus am Meer. Sie lässt uns dorthin einladen, mich, die Kinder und Deda. Wir sind von dem Aufenthalt begeistert. Ich habe ein eigenes Zimmer, Deda auch, und Reziko und Nestan teilen das von Noras Töchtern. Wir können uns zurückziehen, wann immer wir wollen, und dieser Luxus berauscht uns.

Deda geht mit den Kindern am Strand spazieren. Sie hält sie an der Hand, sie springen in die Pfützen, die bei Ebbe zurückbleiben. Ich beobachte sie von der Terrasse aus und sehe uns wieder vor mir, Thea und mich, wie wir in Batumi Bebias Hand hielten und uns gegenseitig nass spritzten. Die Freudenschreie, die Schreie der Möwen, der Duft der Gischt lassen vergessene Gefühle hervorbrechen. Die Atlantikküste hat keinerlei Ähnlichkeit mit den Ufern des Schwarzen Meeres. Mir ist jedoch, als seien Horizont, Meer und Himmel ewig.

Die Tage vergehen mit beruhigender Regelmäßigkeit. Die Abende sind schwieriger. Noras Freunde empfangen oft Besuch, und man muss Konversation machen, auch wenn mir nicht immer danach zumute ist. Unter den Gästen ist ein Mann, der mehr redet als die anderen, er ist Fotograf. Nora und ich fanden seine Fotos immer schrecklich. Er ist für eine Reportage in der Gegend. Er bittet Nora, für ihn Modell zu stehen.

Für Sie Modell stehen?, fragt sie. Ich weiß gar nicht, wie das geht.

Aber sie beginnt schon zu posieren.

Zu anderen Zeiten wäre ich von den Gästen fasziniert gewesen. Eines Abends stürzt ein Mann auf mich zu. Er ist Leiter einer Galerie, die Nora und ich oft besuchen.

Ich muss mit Ihnen reden, sagt er, Ihre Skizzen sind sehr interessant.

Meine Skizzen?

Nora hat mir Ihre Arbeit gezeigt, und ich will Ihnen ein Angebot machen, sagt der Galerist.

Ich wende mich Nora zu, die ganz aufgeregt wirkt. Ich lasse meinen Gesprächspartner höflich stehen und ziehe sie beiseite.

Du hast meine Skizzen gezeigt? Wo hast du sie gefunden?

Deine Mutter hat sie mir gegeben. Du hättest es nie getan. Sie gefallen ihm, siehst du, ich habe dir immer gesagt, dass du Talent hast.

Meine Skizzen liegen seit Jahren neben dem an Tamas adressierten Heft in einer Schublade.

Meine Liebe, sagt Nora, du bist erschüttert, ich freue mich so für dich.

Wir gehen zurück in den Salon, der Mann gibt mir seine Karte, wir vereinbaren ein Treffen demnächst in Paris. Ich gehe den Kindern einen Gute-Nacht-Kuss geben, ich decke sie zu, die Nächte werden frischer. In meinem Zimmer öffne ich die Skizzenblöcke, die Nora mir zurückgegeben hat. Ich blättere sie ratlos durch. Ich habe Silhouetten gezeichnet, Kleider nach den Modenschauen. Einige kommen mir kühn vor. Mir wird bewusst, was die Meinung eines Profis bedeuten kann. Die Zukunft erscheint mir vielversprechend, ich habe Bücher und Museen zu lange vernachlässigt. Die Vorstellung, sie wiederzufinden, erfüllt mich mit Freude. Aber ein Gedanke verdirbt sie mir. Ich klopfe an Dedas Tür. Ihr Zimmer ist das einer Prinzessin, sie genießt dieses Privileg ohne die leisesten Gewissensbisse.

Deda, bei meinen Skizzen lag auch ein Heft, was hast du damit getan?

Ich habe es gelassen, wo es war, antwortet sie, für wen hältst du mich? Mir gefällt dieser Ton nicht.

Ich lauere auf ein Zeichen in ihrem Gesicht, sie verzieht keine Miene. Ich glaube ihr.

Verzeih mir, ich lege Wert darauf, meine Geheimnisse zu wahren.

Gute Nacht, sagt sie und lässt sich wieder in ihre Kissen sinken. Ich gehe zurück in mein Zimmer, schlüpfe unter die Decke und mache das Licht aus. Niemand nimmt meine Mutter mehr in die Arme, und auch mich nimmt niemand mehr in die Arme. Wir sind zwei Verlassene, unfähig, einander zu wärmen.

Als ich wieder erwache, denke ich anders, ich glaube, Deda und ich geben einander mehr, als wir meinen. Unsere gegenseitige Unterstützung ist unerschütterlich.

Nora steht dem bekannten Fotografen Modell. Er ist jetzt jeden Abend da, er lenkt die Gespräche und geht uns ständig auf die Nerven mit seiner Pariser Arroganz, seinen Ansichten über Malerei, Fotografie …

Wie geht es dir?, fragt mich Nora.

Mir geht es gut. Und dir?

Ich bin verliebt. Wenn du wüsstest. Du kennst mich, du hast es erraten. Jeder seiner Küsse verzehrt mich, mein Gott, was soll aus mir werden?

Du wirst mit ihm schlafen. Du bist eine freie Frau.

Ihr Gesichtsausdruck ändert sich, sie sieht mich forschend an: Was ist los? Billigst du mein Verhalten nicht?

Doch, natürlich, wenn es dich glücklich macht. Entschuldige.

Nein, es ist meine Schuld, verzeih, sagt sie, nach allem, was du gerade durchgemacht hast. Ich sollte dir nicht davon erzählen.

Beide froh, einen Schatten über unserer Freundschaft abgewendet zu haben, nehmen wir unsere Strandspaziergänge wieder auf und genießen die Seeluft.

Zwischen den Kindern bricht ein Streit aus. Wir hören Schreie, dann lautes Weinen.

Mama, Mama, heult Noras älteste Tochter, Reziko hat Olga geschubst.

Wir laufen hin, die Kleine liegt auf dem Boden und Reziko steht mit dem Rücken zu uns an der Terrassentür.

Mein Gott, meine Prinzessin, sagt Nora, hast du dir wehgetan?

Ich glaube, sie hat nichts, sagt Nestan, Reziko wollte nur den Zug wiederhaben, den er ihr geliehen hatte. Es war keine Absicht.

Meine Prinzessin, du hättest Reziko seinen Zug zurückgeben müssen.

Ich will den Zug, brüllt Olga und weint noch heftiger.

Meine Prinzessin, meine Schöne, sagt Nora. Reziko, bitte, gib ihr deinen Zug, sie ist kleiner als du. Sie kann noch nicht verstehen.

Sie kann verstehen, dass ich ihn ihr lange geliehen habe und dass ich ihn jetzt zurücknehme, sagt Reziko, der einen ausgeprägten Gerechtigkeitssinn hat.

Ich nicke ihm verständnisinnig zu und flehe ihn mit Blicken an, seinen Zug herzugeben. Olgas Geheul verstärkt sich.

Auf jeden Fall hättest du sie nicht schubsen dürfen, sagt Nora, außerdem bist du größer, dir ist dein Zug doch egal.

Sie nimmt den Zug und ihre Tochter mit hinaus.

Und überhaupt, sagt ihre Älteste, ihr spielt mit allen unseren Spielsachen, seit ihr da seid.

Deda, Reziko, Nestan und ich bleiben reglos in der Eingangshalle stehen.

Es ist ungerecht, sagt Nestan.

Es ist nicht schlimm, meine Lieblinge, wir sind glücklich, da zu sein. Kommt, wir gehen an den Strand und suchen Muscheln.

Ich entschärfe eine Menge Szenen dieser Art, seit unsere Kinder größer geworden sind. Unter ihnen geht es nicht immer so harmonisch zu wie zwischen Nora und mir. Und diese Harmonie ist mir zu wichtig, um sie wegen kleiner Ungerechtigkeiten preiszugeben.

Tamuna, Daredschan verlangt am Telefon nach dir, ruft Nora.

Ich verlasse die Terrasse und gehe hoch in den ersten

Stock, um abzunehmen. Ich bin in dem kleinen Sommersalon allein.

Du hast ein Telegramm bekommen, sagt Daredschan ohne jede Vorrede.

Ich setze mich. Ein Telegramm kann nur eine schlechte Nachricht sein.

Es kommt aus den USA, tönt Daredschan. Glaubst du nicht, dass das Tamas ist? Du kennst in den USA nur ihn.

Ich kenne in den USA nur ihn und habe gerade gehört, dass er einen Sohn bekommen hat.

Soll ich es dir vorlesen?, fragt Daredschan mit Feuereifer.

Ich stelle mir schon vor, wie sie den Umschlag fieberhaft aufreißt. Ich rufe: Nein, warte. Ich denke nach, warte.

Aber ich habe keine Wahl, ich bin noch für drei Wochen hier und werde niemals so lange warten können, um den Inhalt des Telegramms zu erfahren. Im Übrigen ist es wenig wahrscheinlich, dass Tamas mir etwas schreibt, das Daredschan nicht lesen könnte.

Na gut, lies.

Ich höre Papiergeraschel, dann nichts mehr, nur ihren Atem. Ich beginne mich am Hals zu kratzen und kann nicht wieder aufhören. Ein Mückenstich.

Also?

Liebe, liebe, liebe Tamuna.

Dreimal liebe, oder sagst du es nur dreimal?

Nein, dreimal liebe, das steht da, ich lese, was da steht, sei still und hör zu.

Liebe, liebe, liebe Tamuna Stopp Habe die schreckliche Nachricht spät vernommen Stopp Ich weiß, wie sehr ihr euch liebtet Stopp Wie sehr muss Thea dir fehlen Stopp Wie sehr hast du mir gefehlt Stopp Wie gerne wäre ich bei dir gewesen Stopp Gott segne unser Georgien Stopp Werde am 13. September in Paris sein Stopp Treffe dich gegen 16 Uhr im Park Stopp Wenn es regnet, stellen wir uns unter Stopp. So, das war alles.

Wenn es regnet, stellen wir uns unter? Ich pruste los. Ich lache. Ich kann gar nicht mehr aufhören zu lachen.

Hör auf, du bist ja völlig hysterisch, schreit Daredschan ins Telefon. Was ist zwischen dir und Tamas passiert?

Nichts.

Wenn es regnet, stellen wir uns unter. Sie wiederholt es und beginnt ebenfalls zu lachen. Wir legen auf, ohne uns voneinander verabschieden zu können vor lauter Lachen.

Als Nora hereinkommt, wische ich mir die Tränen ab, ich musste vor Lachen weinen.

Was ist los?, fragt Nora.

Nichts. Es war Daredschan, du weißt ja, wie sie ist, wir haben gelacht, viel gelacht. Über albernes Zeug.

Sie setzt sich in einen Sessel mir gegenüber. Zum ersten Mal habe ich ihr etwas Wichtiges nicht erzählt. Das ist ein bitteres Gefühl.

Ich spüre, dass sie mir etwas zu sagen hat. Ich frage: Und du, alles in Ordnung? Wie läuft es mit deinem Fotografen?

Du kannst es dir nicht vorstellen, antwortet sie eifrig, es ist eine Explosion, in jeder Hinsicht.

Das hast du auch immer gesagt, wenn du von dir und Pierre geredet hast.

Was hast du denn? Machst du das mit Absicht?, fragt sie mich. Ich weiß, dass du eine schwierige Zeit durchmachst. Aber kannst du dich nicht für mich freuen, mir zuhören? Ich bin verliebt, ich möchte es herausschreien, wem soll ich es sagen, wenn nicht meiner besten Freundin?

Ja, du hast recht, verzeih, aber du bist immer so maßlos!

Das ist das, was dir an mir gefällt, sagt sie. Oder?

Und da ist auch noch etwas anderes, sage ich. Wir haben diesen Mann immer schulmeisterlich und narzisstisch gefunden, und das ist er, du weißt es, deshalb wundere ich mich.

Ich habe dir gerade gesagt, dass ich in ihn verliebt bin, antwortet sie schroff.

Sie kehrt mir den Rücken zu und schaut zum Fenster hinaus.

Du ärgerst dich über mich, sagt sie zu mir, ich merke

wohl, dass du dich seit einiger Zeit ständig über mich ärgerst. Seit Theas Tod, genaugenommen. Ich bin wie eine Schwester für dich, aber ich bin nicht an ihre Stelle getreten. Ich kann nichts dafür, wenn ich wie eine Schwester für dich bin.

Sei still. Sprich nicht über Thea.

Warum sollte ich nicht über Thea sprechen, ich stand Thea auch nahe. Und wir redeten über dich, wenn du wüsstest, was sie über die Art dachte, wie du …

Sei still.

Und merkst du denn nicht, dass du mich verletzt mit deinem Urteil über ihn, sagt sie. Wir haben uns getäuscht, das ist alles.

Wir schweigen. Es ist das erste Mal, dass wir uns streiten. Seit wann ertrage ich ihre Maßlosigkeiten nicht mehr? Hat das wirklich etwas mit Thea zu tun? Was versucht sie mir über meine Schwester einzureden?

Ich verzeihe dir, sagt sie weiter. Ich verzeihe dir, weil du unglücklich bist, ich sehe ja, dass du unglücklich bist.

Was sieht sie noch? Ist sie so hellsichtig und ich so blind? Was verzeiht sie mir? Es gibt nichts, was sie mir verzeihen müsste. Ich bin da, ich höre ihr zu, seit Jahren. Ich schweige eine Weile, dann sage ich: Ich bin nicht unglücklich. Im Gegenteil, eine Galerie interessiert sich für meine Skizzen, ich bin endlich meinen Mann los, ich bin mit Tamas verabredet. Mir bieten sich auf einmal eine Vielzahl von Möglichkeiten. Warum sagst du, ich sei unglücklich? Würdest du dir wünschen, ich wäre es? Wenn du es nicht erträgst, dass meine Skizzen auf Interesse stoßen, hättest du sie ihnen einfach nicht zu zeigen brauchen. Ich habe um nichts gebeten. Du bist die Strahlende von uns beiden. Ich mache dir den Platz nicht streitig.

Du bist verrückt geworden, ruft sie aus. Umso besser, wenn du glücklich bist, ich bin auch glücklich, deswegen werden wir uns doch wohl nicht verkrachen.

Ich will nicht mit dir streiten, sage ich.

Ich auch nicht.

Lass uns einen Tee trinken, sagt sie. Sie hakt mich unter und zieht mich mit, ihr Parfum hüllt mich ein.

Nichts wird uns trennen können. Bin ich in dieser Minute wirklich davon überzeugt?

Zurück in Paris bricht der Krieg aus. Das Treffen mit dem Galeristen wird nie zustande kommen, ich vergesse meine Skizzen in irgendeiner Ecke des Hauses – wir nennen unsere winzige Bude gern Haus. Ich arbeite weiterhin für Modehäuser, aber unregelmäßiger. Ich zerreiße das an Tamas gerichtete Heft. Seine Reise nach Europa wird abgesagt, das erfahre ich über Stanko. Ein gemeinsamer Freund hat ihm eine Nachricht für mich überbracht. Er umarmt mich, sagt mir, ich solle gut auf mich aufpassen. Er hofft, mich bald wiederzusehen. Noras Familie macht sich Sorgen, Hitlers Deutschland ist eine Bedrohung für die Juden. Viele Georgier verpflichten sich in der Fremdenlegion, um Frankreich zu verteidigen, da sie als Staatenlose nicht in die französische Armee eintreten können. Einige werden in den Widerstand gehen, wie Stanko und Gugu. Badri wird in Le Vésinet zwei jüdische kleine Mädchen verstecken. Sie bleiben ein Jahr dort und spielen mit Nestan und Reziko. Im Juni 1941 entsteht ein Dilemma, als die deutsche Wehrmacht in die Sowjetunion einmarschiert. Hin- und hergerissen zwischen ihrer Solidarität mit Frankreich und dem alten Kampf gegen das erst zaristische, dann bolschewistische Russland, werden sich einige Georgier für die deutsche Uniform entscheiden und an der russischen Front kämpfen. Ich ziehe es vor zu denken, dass wenige anderswo als an der russischen Front an der Seite der Nazis gestanden haben. Das alles begreife ich erst viel später. Während des Krieges kämpfen Deda und ich darum, Lebensmittelkarten zu ergattern, wir haben Hunger, die Kinder haben Hunger. Ich habe Angst, dass ihre Gesundheit darunter leiden könnte. Wir schneidern ihnen Kleider aus allem, was wir auftreiben können, die minderwertigen Stoffe verursachen oft Hautreizungen. Nora und ihre Eltern fliehen nach Südfrankreich, in die freie Zone, wo sie monatelang eingepfercht ausharren müssen. Ich bekomme keine Nachricht mehr von ihnen, ich habe Angst um sie. Eka ist schwanger.

Ich bin schwanger und es ist Krieg, sagt sie zu mir, das arme Kind, warum setzen wir Kinder in die Welt?

Hör auf herumzujammern, sagt Daredschan, was wäre unser derzeitiges Leben ohne die Kinder? Wenn es noch Fröhlichkeit gibt in unseren Häusern, dann dank ihnen.

Da hat sie nicht unrecht.

Wir sind unseren georgischen Freunden näher denn je, wir versammeln uns um das Klavier herum, das Waliko uns gebracht hat. Wir haben nicht viel, was wir auf den Tisch bringen könnten, aber wir kommen weiter bei jeder Gelegenheit zusammen. Ekas Mann, ein georgischer Aristokrat, denkt, mein Vater sei ein übler Revolutionär gewesen, der Georgien in die Hände der Sowjetunion gestürzt hat. Wir meiden gewisse Themen. Fröhlichkeit ist eine Pflicht, die wir den Verschwundenen und Georgien schuldig sind, daran wird der Krieg nichts ändern. Mir ist nicht bewusst, wie die Welt brodelt und wankt. Davon werde ich immer ein vages Schuldgefühl zurückbehalten.

Ekas Mann kommt sie bei uns abholen, er ist auf Urlaub, er kommt von der russischen Front und trägt die deutsche Uniform. Deda und ich begleiten sie hinaus. Die Nachbarn aus dem Nebenhaus beobachten uns.

Wir sind ihre inquisitorischen Blicke gewöhnt, und unsere Fremdheit ist uns bewusst. Ich habe versucht, sie für uns einzunehmen und sie einzuladen, sich zu uns zu gesellen, wenn wir zu laut waren. Sie haben meine Annäherungsversuche immer abgewiesen. Eka und ihr Mann entfernen sich, sie geht langsam, ihr Bauch ist noch dicker geworden. Die Nachbarn machen schnell ihre Tür zu. Aber ich bemerke schemenhafte Gestalten hinter den Vorhängen. Am Morgen nach dieser Szene gehe ich mit den Kindern zur gleichen Zeit aus dem Haus wie die Nachbarin. Sie wirft mir einen hasserfüllten Blick zu, der mich eiskalt trifft, ich drücke Reziko und Nestan an mich. Sie tritt auf mich zu und spuckt auf den Boden, ihre Spucke landet auf meinem Schuh.

Kollaborateure, sagt sie.

Sie hat geflüstert, das ist schlimmer, als wenn sie es geschrien hätte.

Die Kinder beginnen zu weinen. Ich ziehe sie hinter mir her ins Haus zurück. Nestan und Reziko stürzen sich in Dedas Arme und erzählen ihr, was eben vorgefallen ist. Oder das, was sie davon begriffen haben. Ich bleibe mit dem Rücken an die Eingangstür gelehnt stehen und starre auf meinen besudelten Schuh. Deda und ich reden nicht darüber.

Kurze Zeit später fahren wir mit den Kindern in die Normandie. Eine französische Freundin fand, wir sähen schlecht aus, und hat uns eingeladen. Ich erinnere mich an die vorbeiziehenden Landschaften hinter dem Zugfenster, an die vergnügten, gegen die Scheibe gedrückten Gesichter der Kinder, an einen Bauernhof, wo wir endlos das Kälbchen und die Kuh besuchen, und an große Milchkrüge. Ich erinnere mich an einen Weg voller Klatschmohn. Dann an eine Straße, die wir unter den Bomben entlanglaufen. Wenn ein Flugzeug am Horizont auftaucht, müssen Deda, die Kinder und ich in einen Graben springen. Um uns herum herrscht Panik. Ein Kinderwagen ist mitten auf der Straße stehen geblieben, das Baby weint. Nestan entwischt mir, klettert die Böschung hoch, rennt zu dem Kinderwagen und nimmt das Baby heraus. Sie drückt es an sich und springt genau in dem Moment zurück in den Graben, als die Bomben zu fallen beginnen, wir ducken uns im hohen Gras und in den Disteln. Mit zerkratzten Armen und Gesichtern kommen wir wieder heraus. Nach der Befreiung kehren wir nach Paris zurück, wir gehen durch die von euphorischen Menschen wimmelnden Straßen. Dann kommen die geschorenen Frauen, die durch die Stadt getrieben werden. Wir sind schockiert, es wird uns bewusst, dass wir vieles nicht mitbekommen haben.

Wir finden Nora wieder, unsere alte Vertrautheit, sie scheint wieder zu dem jungen Mädchen geworden zu sein, das ich gekannt habe. Ihr Fotograf ist im Ausland, sie hat ihn aus den Augen verloren. Wir wollen, sie genauso wie ich, den Krieg vergessen und leben. Es gibt wieder Märkte, die Auslagen bieten wieder Obst und Gemüse im Überfluss. Wir vergessen den Hunger, die Kälte. Das sind die versprengten Bilder, die meinen Krieg ausmachen. Ein recht beschaulicher Krieg im Vergleich zur übrigen Welt.

Kurz nach der Befreiung lerne ich einen Mann kennen. Ich habe Nora zu einer Einladung begleitet. Raymond ist lustig und hat es unverhohlen eilig. Er sieht nicht besonders gut aus, aber ich fühle mich zu ihm hingezogen. Wir haben ein Abenteuer, das ihm ähnlich sieht, lustig und eilig. Ich lade ihn zum Abendessen nach Hause ein, er bringt Deda und die Kinder zum Lachen, aber ich will nicht, dass er über Nacht bleibt. Wir gehen zu ihm. Es gefällt mir in seiner Junggesellenwohnung unter den Dächern, wo jedes Möbelstück, jeder Gegenstand mir vorkommt wie ein Schatz. Ich gehe durch das Zimmer und betrachte alles bis ins kleinste Detail. Er liegt mit nacktem Oberkörper auf dem Bett, er raucht und sagt: Komm her. Ich drücke mich an ihn. Er bietet mir eine Zigarette an. Wir rauchen, viel. Er fragt mich, ob ich ihn heiraten will; ich muss laut lachen.

Ich bin nicht geschieden, sage ich.

Lass dich scheiden und heirate mich, sagt er. Ich werde für dich sorgen.

Diese Manie der Männer, für uns sorgen zu wollen, und es dann doch nicht zu tun.

Er lacht.

Du würdest nicht durchhalten, ich habe zwei Kinder und eine sehr autoritäre alte Mutter.

Am Ende lasse ich mich von Badri scheiden, aber ich heirate ihn nicht, weder ihn noch einen anderen. Ich fühle mich ohne Mann wohler.

Badri seinerseits heiratet wieder, eine Frau, die Nestan und Reziko nicht leiden können. Sie bekommen drei Kinder. Die Besuche unserer Kinder bei ihrem Vater werden immer seltener. Sie sind jetzt groß, und ich kann sie nicht zwingen.

Sie starren uns an wie Ungeheuer, sagt Reziko.

Wer?, fragt Deda.

Sie, die Kinder und ihre Mutter, sie beobachten uns alle mit dem gleichen Schrecken im Gesicht und reden nicht mit uns.

Und ihr, redet ihr nicht mit ihnen? Es sind eure Geschwister.

Nein, sagt Nestan, wir kennen sie ja gar nicht.

Reziko steht auf und umarmt uns. Er ist ausgezogen und lebt jetzt in einem Studentenwohnheim. Seine Schwester hält ihn am Arm zurück.

Bleib doch noch ein bisschen.

Nestan, lass ihn, sagt Deda.

Reziko gibt ihr einen Kuss und macht sich sanft los.

Nestan bringt ihn hinaus. Sie kommt nicht gleich zurück, sie flüchtet sich in ihren Baum vor dem Fenster, sie verbringt Stunden darin, lesend und auf einen Bruder lauernd, der sich nicht mehr für seine kleine Schwester interessiert.

Sie wird ein paar Jahre später ausziehen, um Datho zu heiraten. Sie kommen sich bei den Kursen in georgischem Tanz näher. Die zweite Generation hat eine Truppe aufgebaut, die in der Provinz auf Tournee geht und in kleinen Häusern auftritt. Einmal sogar in Paris, im Théâtre des Champs-Elysées. Die Leute scheinen an der georgischen Folklore Gefallen zu finden. Die grazilen Frauen gleiten wie Schwäne über den Boden, die Männer in ihrer *tschocha* vollführen mit ihren Dolchen Pirouetten. Nestan besucht die Kurse von Schota. Er ist ein eleganter kleiner Mann, der sich kerzengerade hält. Er unterrichtet mit unendlicher Geduld. Die Jahre ändern nichts an seiner Erscheinung. Er trägt immer den gleichen abgewetzten Hut, den gleichen verschlissenen Mantel, mit der gleichen Würde. Unter seinem aufmerksamen Blick wirbelt Nestan stundenlang herum, führt die winzigen Schritte aus, die den Eindruck erwecken, als würde sie gleiten. Schota lässt sie von vorn beginnen. Wieder und wieder. Datho beobachtet sie, etwas an ihrer Beharrlichkeit berührt ihn, er verliebt sich.

Bebia, fragt Nestan meine Mutter einmal beim Frühstück, hast du nach dem Tod deines Mannes andere Männer gekannt? Du warst so schön, du musst eine Menge Anträge bekommen haben.

Deda zuckt zusammen und lässt ihr Butterbrot in den Kaffee fallen.

Ich schlage die Augen nieder und warte auf ihre Antwort.

Ein paar, sagt sie errötend, aber nichts Wichtiges.

Warum, weil du dich als die Frau eines einzigen Mannes fühltest?, fragt Nestan.

Nein. Weißt du, zu meiner Zeit heiratete man, um aus dem Elternhaus herauszukommen.

Was sagst du da?

Ich habe deinen Vater geliebt, antwortet sie mir. Ausgesucht, das weiß ich nicht.

Und Babu und Bebia? Hatten die sich einander ausgesucht?

Ich weiß es nicht, über diese Dinge wurde nicht gesprochen, sagt sie.

Und diese Männer, diese paar, hast du dir die ausgesucht?

Was glaubst du denn?, antwortet sie mir und richtet sich hoch auf.

Ich glaube gar nichts.

Ihr werdet euch doch wohl nicht streiten, sagt Nestan lachend.

Tamas kommt am 26. Mai 1950 wieder nach Paris. Wie jedes Jahr feiert die Gemeinschaft dieses Datum ihrer Geschichte. Sein Sohn begleitet ihn. Er sieht ihm nicht ähnlich, er ist so blond wie Tamas dunkel ist. Ich stelle mir die hellhaarige Frau vor, die er geheiratet haben muss. Wir sehen uns von weitem. Wir stürzen fast aufeinander zu. Ohne Worte beschließen wir, uns an einen ruhigeren Ort zurückzuziehen. Tamas schlägt ein Restaurant vor. Ich nehme ihn mit nach Hause. Keine Sekunde sage ich mir, dass er meine Initiative als Verführungsversuch auffassen könnte. Ich mache ihm einen Kaffee. Und ich genieße es, ihn in meiner alltäglichen Umgebung sitzen zu sehen. Ich glaube, wir tauschen Banalitäten aus. Nimmt er Zucker? Habe ich eine neue Frisur? Ich bin älter geworden, ich bin über vierzig, eine Frau mit Kindern, getrennt lebend. Er sagt nichts dazu. Wir reden nicht über unsere Leben, wir wissen jeweils das Wesentliche oder die Oberfläche davon, das, was sich in der georgischen Kolonie herumspricht. Bald liegen wir einander in den Armen. Er küsst mich, ich nehme seine Hand und ziehe ihn hinter mir her die Treppe hoch. Wir stehen in meinem Zimmer, er legt mich aufs Bett, drückt mich an sich, streichelt mein Gesicht, meine Schultern, meine Brüste. Ich berühre seine Hände, seine Haare, die genauso riechen wie früher. Sein Ellbogen klemmt mir eine Haarsträhne ein. Es tut weh. Ich beiße mir auf die Lippen. Er fährt mit der Hand unter mein

Kleid und beginnt meine Strümpfe zu lösen. Er atmet heftig, oder bin ich das? Mein zum Knoten aufgestecktes Haar fällt herab. Ich stoße ihn zurück.

Ich kann nicht. Wir können nicht. Du bist verheiratet. Es ist zu spät.

Er erstarrt und hört auf zu atmen, nur noch die Schläge meines Herzens dröhnen zwischen meinen Rippen. Ich liege auf dem Rücken, ich blicke an die rissige Decke über unseren Köpfen. Er legt sich neben mich. Betrachtet auch er die Risse oder schließt er die Augen? Er richtet sich auf, beugt sich über mich, streift mich mit den Lippen, mit der Hand. Ich sehe zu, wie er das Zimmer verlässt.

Ich habe Angst bekommen. Wovor? Ich weiß es nicht mehr. Bleibt das Bedauern, es ihm nicht gesagt zu haben. Hatte auch er Angst?

Deda findet mich ein paar Stunden später in der gleichen Stellung auf dem Bett, es ist schon Nacht. Ich tue so, als würde ich schlafen. Sie glaubt, ich sei krank, und deckt mich zu. Ich bleibe bis zum nächsten Morgen reglos liegen.

In den nächsten Tagen bin ich von Zorn erfüllt. Einem dumpfen Zorn, der mich nicht loslässt und griesgrämig macht. Nichts kann mich davon ablenken, nichts bringt mich zum Lachen, nichts berührt mich. Deda bittet mich, sie zum Einkaufen zu begleiten. Ich explodiere: Kannst du denn nichts ohne mich tun. Du klebst ständig an mir. Lebe doch dein eigenes Leben und lass mich meins leben. Du hast es mir schon genug verdorben. Und schau mich nicht an, siehst du denn nicht, dass ich allein sein will. Ohne meine alte Mutter.

Sie zieht ihren Mantel über, ohne zu zittern, was meinen Zorn noch verstärkt, und geht mit ihrem Korb aus dem Haus. Als sie zurückkommt, ist der Korb voll. Ich habe mich beruhigt. Ich helfe ihr, die Einkäufe aufzuräumen. Ich entschuldige mich mit keinem Wort bei ihr.

Der Fotograf kehrt zurück und verführt Nora erneut. Sie ist nicht mehr dieselbe, oder ich bin es, die sich verändert. Ich bin böse auf sie und sie auf mich. Wir verlieren einander. Ich weiß nicht mehr wann und wie genau.

Unser Reihenhaus und die anderen ringsum sollen abgerissen werden, um einem Universitätsstandort zu weichen. Wir müssen unser Nest verlassen, erneut wankt der Boden unter unseren Füßen. Dies löst in uns eine tiefe Angst aus, die schließlich einer Art Gleichgültigkeit weicht. Nestan und Datho melden sich mit uns wohnungssuchend. Wir bekommen zwei Sozialwohnungen in gegenüberliegenden Häusern zugewiesen, über der Hochbahn. Die Mieten sind sehr günstig.

Die Wohnung von Nestan und Datho ist im neunten Stock. Die von Deda und mir im zweiten. Vom Balkon aus können wir einander zuwinken, und wir haben das Glück, ein paar Bäume vor den Fenstern zu haben. Ich werde nicht mehr umziehen.

Sonntags treffen wir die Familie und Freunde im *La Toison d'or* wieder. Zwei Brüder, mit denen wir aufgewachsen sind, haben dieses kleine georgische Restaurant eröffnet. Am Ruhetag wird es zur Hochburg vieler von uns. Vor allem die Männer liefern sich leidenschaftliche Nardi-Partien. Wenn unsere Nachfahren versuchen, ihren Freunden Georgien nahezubringen, führen sie sie ins *La Toison d'or*. Es gibt dort typisch georgische Speisen, es wird georgisch gesprochen und nicht russisch, es werden polyphone Gesänge gehört, man trinkt Wein aus großen Hörnern. Nach zwei Stunden zwischen den holzgetäfelten Wänden, die mit Fotos vom Kaukasus und georgischen Dolchen bedeckt sind, verwechselt niemand mehr die Georgier mit den Russen. Viele schätzen besonders die Gastfreundschaft der beiden Brüder, die nie mit Anekdoten, Komplimenten und humorvollen Trinksprüchen geizen.

Salome ist meine erste Enkelin. Ich bin tief erschüttert. Ich bin keine Großmutter, wie Bebia es war, und auch nicht, wie Deda es für meine Kinder war. Ich teile den Alltag des Babys nicht. Heute tut mir das leid.

Nestan und Datho haben ein kleines Haus auf dem Land gekauft, am Rand eines Feldes. Wir verbringen dort sonnige Tage. Deda in ihrem Rollstuhl, ich vor meiner Staffelei unter den Bäumen sitzend. Ich beginne wieder zu malen. Das Feld, die Sonnenuntergänge am Horizont sind eine unerschöpfliche Inspirationsquelle. Wenn ich mich zu dem zurechtgeflickten Haus umdrehe, das aussieht wie das Haus der drei Bären im Märchen von Goldlöckchen, wenn ich den großen, unter den Bäumen gedeckten Tisch sehe, die zusammengewürfelten Stühle, die Familie darum herum, die rennenden Kinder, dann denke ich an ein endlich angekommenes Schiff.

Ich höre auf zu rauchen, ich bin kurzatmig, ich bewege mich immer weniger vom Fleck. Mir ist, als könnte mir der Weg zwischen dem Feld und dem Haus für den Rest meines Lebens genügen.

Eines Morgens stolpert Deda beim Aufstehen. Sie bricht sich den Oberschenkelhals. Sie wird mit dem Krankenwagen abgeholt. Ich begleite sie. Nestan und Reziko, die sofort herbeigelaufen sind, sehen zu, wie die Trage in den Wagen geschoben wird. Sie winken. Deda antwortet mit einer anmutigen kleinen Handbewegung. Ich bemerke ihren verschmitzten Ausdruck und frage mich, was sie an dieser Situation amüsant findet. Im Krankenhaus wird sie unter Vollnarkose operiert, sie erholt sich nicht wieder. Sie schläft auf ihrem weißen Bett allmählich ein. Sie schafft es gerade noch, unsere Finger zu drücken, die um ein Lebenszeichen von ihr bitten. Nestan singt ihr *Suliko* vor, das Lied, das Bebia mir in meiner Kindheit vorsang, das ich ihr vorgesungen habe und Deda auch. *Suliko*, »kleine Seele«, bedeutet Georgien. Ich weine nicht. Nestan schluchzt, ihre Tränen trennen uns voneinander. Wir begraben sie in Leuville, an Theas Seite. Das Grab wird wieder geöffnet, ich schaue zu, wie Dedas Sarg versinkt, sich in die Erde legt, zu dem ihrer Tochter. Ich kann nicht mehr atmen. Irakli hilft mir, mich auf ein Nachbargrab zu setzen.

Mach dir keine Sorgen, sagt er, die Erde ist warm.

Diese seltsamen Worte beruhigen mich. Ich bekomme wieder Luft.

Badri ist gekommen, um uns zu begleiten. Während des folgenden Essens teilt er mir seine Rückkehr nach Georgien mit.

Was sagst du?

Ich glaube, falsch gehört zu haben. Niemand geht mehr nach Georgien, nur die, die die französische Staatsbürgerschaft haben und ein Visum für die Sowjetunion bekommen, machen touristische Reisen, die von den Sowjets streng überwacht werden. Aber Badri ist es ernst. Er hat sich entschieden, er will, dass seine drei anderen Kinder dort aufwachsen.

Aber Papa, wendet Reziko ein, mit deinem Namen,

deiner Vergangenheit wird es kein Zurück mehr geben, wenn du erst einmal drüben bist.

Das ist Badri bewusst, er ist bereit. Ich habe Angst vor der Reaktion von Nestan und Reziko. Ihr Vater ist seit ihrer Kindheit nicht mehr da, aber ich bin mir nicht sicher, ob sie das als Verlassenwerden empfunden haben.

Georgien wiedersehen. Ich habe das nie erwogen. Der Gedanke spaltet die Kolonie. Manche aus der Generation von Nestan und Reziko möchten hinreisen, als Touristen. Dieser Wunsch wird von anderen als äußerster Verrat empfunden. Man geht nicht in ein kommunistisches Land zurück. Die Missbilligung ist streng, die Getadelten werden bei ihrer Rückkehr geschnitten. Sie erzählen trotzdem, sie zeigen Filme, Fotos, sie sind wie verlorene Kinder empfangen worden, die in den Schoß der Heimat zurückgekehrt sind, sie werden von *keipi* zu *keipi* gefeiert. Das verlorene Paradies ihrer Eltern, das sie nicht loslässt, legitimiert ihre Anwesenheit. Ich betrachte die Fotos. Ich zeige sie meinen Kindern. Die lächelnden Gesichter vor dem Hintergrund vertrauter Landschaften lösen in mir nichts aus. Nestan und Reziko sind unpolitisch, sie haben einfach Ehrfurcht vor dem überlieferten Mythos und schützen sich vor jeder Desillusionierung. Sie werden nicht nach Georgien reisen. Sie ziehen es vor, das Bild eines Landes zu bewahren, das meinem ähnelt. Ich bin darüber erleichtert, ich hätte mit ihrem Georgien nichts anzufangen gewusst.

Macht die Lichter aus, sagt Nestan.

Kommt, Kinder, sagt Tsiala.

Die Kinder stürzen in die Küche. Das ist der Moment, auf den sie warteten. Die Zeit kam ihnen lang vor, jetzt wird geflüstert. Ein Engel geht durchs Zimmer, sagt man.

Ich hoffe, ihr zündet nicht die genaue Zahl von Kerzen an, ruft Gugu, sonst gehe ich ein Nickerchen machen.

Die Lampen gehen aus. Der Kuchen erscheint, von kleinen Händen getragen.

Neunzig Kerzen werfen ein zitterndes Licht auf die Wände und lassen die Gesichter gespenstisch wirken.

Alles Gute zum Geburtstag …

Sie singen. Die Stimmen entgleisen, erst auf Französisch, dann auf Georgisch. Sie pustet ihre Kerzen aus, sie pusten für sie, mit ihr. Applaus. Die Lampen gehen wieder an, blenden sie. Der Kuchen wird angeschnitten. Es wird gesungen, in die Hände geklatscht. Tariel,

Rezikos Sohn, steht auf und fordert seine Tante auf. Er und Nestan tanzen auf dem einzigen freien Quadratmeter des Zimmers einen *lekuri*.

Und Nora?, fragt Daredschan. Hast du sie angerufen?

Wer ist Nora?

Das war meine Freundin.

Ihre Busenfreundin, sagt Stanko.

Ist sie tot?

Nein.

Habt ihr euch gestritten?

Wir haben uns auseinandergelebt. Nach dem Krieg haben wir uns nach und nach immer weniger gesehen.

Sie war Jüdin, nicht wahr?

Ja, und?

War es wegen des Krieges?

Nein, damit hatte es nichts zu tun.

Vielleicht hat ihr die Haltung mancher Georgier nicht gefallen?, meint Salome.

Du weißt nicht, wovon du redest, sagt Gugu.

Zur damaligen Zeit in die deutsche Armee eintreten, da gehörte schon einiges dazu, sagt Tsiala. Konnte man denn ignorieren, was passierte?

Sei still, sagt Daredschan. Es ging darum, gegen die Russen zu kämpfen. Um Patriotismus, Treue zu sich selbst. Viele Georgier haben die deutsche Uniform getragen.

Das hatte nichts mit den Nazis zu tun, sagt Eka. Mein Mann kümmerte sich um die georgischen Kriegsgefangenen, er hat viel für sie getan.

Aber es war eine Nazi-Armee.

Sie wussten es nicht.

Glaubst du, es war möglich, nicht zu wissen?

Einige haben vielleicht tatsächlich an der russischen Front gekämpft, aber bei anderen weiß man vielleicht nicht alles.

Und Irakli, ist der auch freiwillig in die Wehrmacht eingetreten?

Er hat gegen die Russen gekämpft, das ist alles. Da gab es nichts zu entscheiden, es war für die Seinen selbstverständlich.

Manche haben sich auch entschieden, an der Seite der Franzosen Widerstand zu leisten, wie du, Stanko, oder Gugu, das habt ihr doch getan, oder?

Die Umstände waren für uns anders, sagt Stanko, wir …

Der Tisch erzittert, Gläser zerbrechen. Gugu steht auf.

Ich habe genug gehört, sagt er.

Er versucht fieberhaft, an seinen Stock heranzukommen. Er ist hochrot angelaufen.

Gugu, beruhige dich.

Man steht auf, um ihn zu zwingen, sich wieder zu setzen. Hier und da wird Gelächter laut.

Das ist nicht lustig, sagt Salome.

Aber es ist durchaus etwas Komisches daran, wie dieser dicke, gebeugte alte Mann sich vor Zorn windet.

Hinter dem Tisch eingekeilt, setzt er sich schließlich wieder an seinen Platz. Die Unterhaltungen gehen weiter. Reziko beginnt zu singen. Andere Stimmen fallen ein. Gugu klammert sich an seinen Stock und drückt ihn so fest, dass sie sehen kann, wie seine Adern anschwellen. Sie legt ihre Hand auf seine. Er hebt seine geschlossene Faust, um sie abzuschütteln, legt sie dann auf den Tisch, entspannt sich.

Bei uns hat sich niemand etwas vorzuwerfen, sagt Daredschan zu ihrem Bruder. Ich weiß nicht, warum du dich so aufregst. Du kannst die Kinder nicht daran hindern, sich Fragen zu stellen, das ist ihr gutes Recht.

Sie bedeutet Daredschan zu schweigen. Ausnahmsweise gehorcht ihre Cousine.

Badri verschwindet für Jahre aus unserem Leben, wir haben keinen Kontakt mehr, Briefe gibt es nur selten, und wenn sie uns erreichen, sind sie geöffnet und zensiert. Die wenigen Telefonanrufe sicher auch. Sie sind kurz und abgerissen und lassen Nestan und Reziko frustriert und besorgt zurück. War es Badri bewusst, dass er so weit wegging? Hat er in diesem vom Rest der Welt abgeschnittenen Land sein Georgien wiedergefunden?

Als er nach zehn Jahren Sowjetunion zurückkommt – er hat um die Rückkehr gekämpft und dafür seine drei in Frankreich geborenen Kinder ins Feld geführt –, wird er sagen, dass es wunderbare Jahre waren. Die Lebensbedingungen sind in Georgien weniger schwierig als in der übrigen Sowjetunion. Die landwirtschaftliche Situation, das Klima, die Traditionen machen das Land für seine Bewohner erträglicher. Trotzdem steht seine Familie nach ihrer Rückkehr mit weitaufgerissenen Augen vor dem Überfluss in den Schaufenstern.

Ihre Koffer stinken nach Sowjetunion, sagen die Kinder von Nestan und Reziko.

Das ist die Beschreibung, die sie für jenen speziellen, hartnäckigen Geruch nach sowjetischen Zigaretten, Seifen und Parfums finden.

Während Badris Abwesenheit beschließen Nestan und Reziko, ihren Großvater kennenzulernen. Sie wissen, dass er jeden Tag in die gleiche Brasserie an der Place Victor-Hugo geht. Eines Morgens lauern sie ihm auf. Sie erkennen ihn sofort. Der beleibte, schon alte Mann hält sich gerade, trägt einen Schnurrbart und hat noch alle seine Haare. Er wirkt nicht sehr liebenswürdig, bestellt ein Bier, ohne den Kellner anzuschauen, und vertieft sich in eine Zeitung. Seine Enkelkinder beobachten ihn, trauen sich aber nicht, ihn anzusprechen. Sie bestellen etwas zu essen, dann lassen sie ihn zwei Stunden später wieder ziehen, ohne einen Schritt auf ihn zugegangen zu sein. Sie behalten ihre Fragen für sich und begnügen sich damit, seine Bücher wiederzulesen, deren literarische Qualität zweifelhaft ist, die jedoch voller Anekdoten über seine Kindheit mit Stalin stecken, seine terroristischen und revolutionären Aktionen, seine Flucht vor der Polizei des Zaren nach Frankreich, sein Engagement an der Seite von Marthe Richard im französischen Geheimdienst. Sie werden nie herausfinden, wer er wirklich war.

Ich lebe jetzt allein, aber ich bin nicht einsam. Nestan und Datho wohnen im Haus gegenüber. Reziko ist noch in Paris, er hat Hélène kennengelernt, die die Mutter von Tariel und Tsiala werden wird. Meine Wohnung bietet sich für Familienzusammenkünfte an. Eka, Daredschan, Irakli und Gugu kommen oft mit ihren Familien zu Besuch.

Das Wochenende verbringe ich manchmal auf dem Land. Ich kann noch normal laufen und atmen. Aber ich gehe wenig zu Fuß, wahrscheinlich weil die Krankheit schon da ist, irgendwo im Verborgenen. Wir essen unter den Bäumen, wir haben den Tisch draußen gedeckt, es ist ein schöner, schon sommerlicher Tag. Ich beuge mich unter den Tisch, auf der Suche nach einer Nadel, die Nestan gerade fallengelassen hat, ich bin dabei, einen Badeanzug fertig zu nähen, den sie bei mir bestellt hat. Es ist heiß. Ich trage ein geblümtes Kleid. Nestan eine Schlaghose und eine indische Bluse. Sie hat gerade ein Kind bekommen.

Da sind sie, sagt Nestan.

Die Nase noch unterm Tisch, sehe ich von weitem Gugu und seine Frau, Daredschan und Stanko, Eka und ihren Mann, Schota, Waliko und Tamas. Ich richte mich ruckartig auf und stoße gegen den Tisch. Der Schlag ist heftig.

Sie braucht einen Eiswürfel.

Was wollte sie denn unterm Tisch?

Ja, genau, was wollte sie unterm Tisch?, wiederholt die Stimme von Tamas.

Ich lege mir die Hand auf die Stirn und beobachte ihn durch meine Finger hindurch. Ich begegne seinem amüsierten Blick. Ich lächle ihm zu. Der Schmerz hämmert in meiner Schläfe.

Sein Haar wird grau. Seine Gestalt, sein Gesicht sind die gleichen geblieben. Ich senke den Kopf, betrachte meine weißen Beine, meine nackten Füße in den Sandalen, die lackierten Nägel. Das am Nachmittag angefangene Essen zieht sich hin, bis die Nacht anbricht. Ich höre Tamas zum ersten Mal singen. Wir teilen zum ersten Mal eine Mahlzeit. Er sitzt neben mir, er streift mich oft. Ich erröte, die Hitze liefert mir Entschuldigungen.

Du hast eine Beule, sagt er und legt mir eine Hand auf die Stirn.

Niemand bemerkt meine Verwirrung. Hoffe ich.

Wir fahren nach Paris zurück. Tamas und ich sitzen hinten im Auto von Gugu und Colette. Unsere Hände liegen brav nebeneinander in der Mitte der Rückbank. Sie warten darauf, sich zu umklammern. Wir warten. Er nimmt mich mit. Ich folge ihm in sein Hotelzimmer. Ich habe Kopfschmerzen, er legt ein kühles Tuch auf meine Schläfe und auf meine Beule einen Kuss. Jeder Kuss, jede Liebkosung verletzt mich. Sein Körper ist schwer und lastet auf meinem. Ich lasse nicht zu, dass er mich auszieht. Aber ich schlinge meine Beine um ihn und drücke zu, damit er sich nicht mehr bewegen kann. Wir lieben uns, drei Tage und drei Nächte lang. Die einzige Verbindung zur Außenwelt ist das Telefon, um die Kinder zu beruhigen. Ich schiebe einen Schnupfen vor, um keinen Besuch zu bekommen. Nestan, die den Schlüssel zu meiner Wohnung hat, ist auf dem Land geblieben. Es fügt sich alles gut. Wir liegen nackt auf dem Bett, er lässt seine Hände über meinen Körper wandern, streichelt mich lange. Ich habe keine Angst mehr vor seinen Blicken. Ich sage etwas Idiotisches: Ich wünschte, du hättest mich gehabt, als ich jung war.

Ich habe dich gekannt, als du jung warst.

Er legt seinen Kopf zwischen meine Beine und schließt die Augen. Ich streichle sein Haar.

Er erzählt mir von Amerika, von den Häusern, die er entwirft. Er hat vor kurzem eine Frau kennengelernt, sie erwartet ein Kind von ihm. Ich höre ihm zu, nichts kann meine Laune verderben. Unsere Köpfe liegen auf demselben Kissen, ich betrachte den Himmel über den Dächern. In diesem Stück Himmel liegt ein Quäntchen Ewigkeit.

Du warst da und du wirst immer da sein, sagt er, ich fühle mich ihr gegenüber nicht schuldig. Aber ich muss zurück.

Ich stimme zu. Er geht zurück nach Amerika.

Kurze Zeit später muss ich aufhören zu arbeiten. Dabei bin ich noch weit vom Rentenalter entfernt. Nestan und Reziko werden mir finanziell helfen. Mir geht der Atem aus. Ich werde mit einem Sauerstoffgerät für die Nacht ausgestattet, das ist die Bedingung meines Überlebens. Ich haushalte mit meinen Kräften. Eines Tages, ohne es zu wissen – wahrscheinlich ist das besser so –, sehe ich das Feld und das Haus zum letzten Mal. Ich werde aufhören zu malen, die Lösungsmittel greifen meine Lunge an. Ich werde noch etwas zeichnen, dann auch das aufgeben. Ich stricke, ich nähe für die Mädchen. Ich gehe nicht mehr aus dem Haus, ich betrachte den Himmel, endlos.

Es ist nicht gesund, so jung mit der körperlichen Liebe aufzuhören, sagt Daredschan.

Wir sitzen an einem Wintertag um meinen Tisch und trinken Tee.

Warum nicht?, fragt Eka. Fünfundfünfzig, das ist nicht so jung.

Sie wissen nicht, wer mein letzter Liebhaber war, aber sie haben gerade verstanden, dass ich seit dieser Zeit mit niemandem mehr geschlafen habe.

Und ihr, alte Frauen, sage ich, macht ihr noch Liebe?

Sie kichern.

Mit über achtzig, bist du verrückt?, meint Daredschan. Ich bin nicht einmal sicher, ob Stanko noch könnte. Um so besser, so kann ich mich endlich ausruhen.

Wir haben noch miteinander geschlafen, bevor Otar gestorben ist, sagt Eka.

Auf diese Information hätte ich verzichten können, sagt Daredschan. Mir eure beiden alten Körper vorzustellen. Etwas Respekt, bitte.

Irakli und Gugu kennen da keine Hemmungen. Ist das vielleicht normaler?

Irakli und Gugu, meint Daredschan. Wie willst du das wissen? Männer reden viel, aber in ihrem Alter dürften sie auch nicht mehr besonders umtriebig sein.

Das Telefon klingelt, wir zucken zusammen, als wären wir ertappt worden. Als wären wir drei Hexen.

Mach den Fernseher an, ruft Nestan durchs Telefon.

Warum? Ich trinke gerade mit Daredschan und Eka Tee.

Macht den Fernseher an.

Wir gehorchen. Wir erfassen nicht sofort, was auf dem Bildschirm vor sich geht. Wir erkennen Rostropowitsch, der auf einem Stuhl sitzt und Cello spielt. Die Berliner Mauer ist gefallen, das Bild kehrt immer wieder.

Was heißt das?, fragt Eka.

Wir begreifen allmählich, was es bedeutet. Nestan ist am anderen Ende der Leitung, aber wir reden nicht.

Es ist zu Ende, sagt Nestan nach einer langen Weile. Es ist zu Ende. Die kommunistische Welt ist tot.

Wir fügen nichts hinzu. Ich traue mich nicht, meine Cousinen anzusehen. Eine Träne läuft mir über die Wange, ich schlucke sie herunter, um sie vor ihnen zu verbergen.

Das Telefon klingelt erneut. Es ist Reziko. Ich fasse mich wieder.

Wir haben es gesehen, sage ich zu ihm.

Von diesem Tag an, bis Gorbatschow kommt und die Sowjetunion sich auflöst, lernen wir Schritt für Schritt, aus dem Untergrund aufzutauchen. Georgien wird zu einem freien Land. Man kann ein- und ausreisen, telefonieren, schreiben. Einfach unzensiert schreiben.

Andere Georgier werden nach Frankreich kommen, wir sind keine Kuriositäten mehr. Gugu wird hinreisen. Bei seiner Rückkehr werde ich ihn weder fragen, was er dort gesucht, noch was er gefunden hat.

Das Fest ist zu Ende. Sie sitzt wieder in ihrem Sessel, hat die Sauerstoffmaske angelegt. Die Fenster werden geöffnet, um sie herum wird aufgeräumt. Sie hört Geschirr klappern, Stimmen aus der Küche. Sie weiß, sie verpasst die besten Momente, die, die unmittelbar auf das Fest folgen, die Nachlese des Abends, die Kommentare. Die Reste, die man sich teilt, die man knabbert und endlich würdigt. Tamas ist nicht gekommen. Sie weiß nicht genau, was sie darüber empfindet. Sie verspürt eine tiefe Müdigkeit. Das Telefon klingelt. Es ist beinahe ein Uhr morgens.

Alles Gute zum Geburtstag, sagt Nora.

Nora? Bist du das wirklich?

Ich bin es.

Ich habe viel an dich gedacht, sagt sie.

Sie lügt nicht.

Ich auch, sagt Nora.

Sie schweigen verlegen.

Wie wär's mit einem Tee in den nächsten Tagen?, fragt Nora.

Sie hat diesen Vorschlag schon oft abgelehnt. Heute hat sie Lust, mit Nora einen Tee zu trinken.

Einverstanden.

Wir gehen, ruft es hinter ihr. Auf Wiedersehen, Tamuna.

Man umarmt sie, sie winkt. Die Tür schlägt zu.

Wart ihr alle zusammen? Die ganze Familie?, fragt Nora. So hatte ich es mir vorgestellt. Ihr habt mir so gefehlt.

Sie hat ihnen auch gefehlt. Aber sie sagt es nicht. Wozu? Die Nora, die ihr gefehlt hat, gibt es seit vielen Jahren nicht mehr.

Dann also bis bald, ich rufe dich an, sagt Nora.

Warte nicht zu lange, wir haben keine Zeit mehr.

Ja, sagt Nora.

Sie legen auf.

Wer hat um diese Zeit noch angerufen?, fragt Nestan.

Sie lügt.

Daredschan.

Ihre Tochter prüft das Zimmer. Alles ist wieder an seinem Platz.

Ich gehe dann, brauchst du mich, um ins Bett zu gehen?, fragt Nestan.

Natürlich nicht.

Nestan zieht die Vorhänge zu, macht die Lampen aus, bis auf eine.

Ich komme schon zurecht, sagt sie. Bis morgen dann.

Bis morgen, Mama.

Die Tür schließt sich wieder, während sie flüstert: Danke, *genatswale*. Sie steht sehr schnell auf und knipst die letzte Lampe im Wohnzimmer aus. Sie schminkt sich ab, zieht sich aus, streift ihr Nachthemd über, schließt das Gerät an und legt sich mit der Sauerstoffmaske ins Bett.

Als sie liegt, schließt sie im Dunklen gerade die Augen, als die Türklingel ertönt. Sie richtet sich seufzend wieder auf. Nestan muss ihre Schlüssel vergessen haben. Sie nimmt die Sauerstoffmaske ab und steigt aus dem Bett. Während sie durch den Flur geht, erinnert sie sich wieder. Nestan hatte ihre Schlüssel in der Hand, als sie ging. An der Tür fragt sie: Wer ist da?

Ich bin es, Tamas. Erwartest du jemand anderen?

Zorn ergreift sie.

Hast du gesehen, wie spät es ist? Ich bin schon im Bett.

Mach mir auf, Dummkopf, sagt Tamas. Ich habe eine gute Flasche Wein dabei.

Sie kann ihm doch nicht im Nachthemd die Tür öffnen. Die Situation ist lächerlich.

Also? Worauf wartest du?, fragt er.

Der Klang seiner Stimme hindert sie am Denken. Sie öffnet die Tür. Was könnte sie sonst tun? Und was bedeutet es schon? Sie stehen sich gegenüber, einer so überrascht wie der andere. Er trägt einen schwarzen Hut, einen Mantel in derselben Farbe, sehr elegant. Sie steht im Nachthemd da. Er nimmt seinen Hut ab. Die paar Haare, die er noch hat, sind dunkel.

Du bist alt, sagt sie.

Ja, du auch.

Er kommt herein. Sie macht eine Lampe an und führt ihn ins Wohnzimmer. Sie setzt sich wieder an ihren Platz am Tisch. Er setzt sich ihr gegenüber.

Du färbst dir die Haare, sagt sie.

Du auch.

Sie blicken einander an und halten sich zurück, um nicht zu lachen.

Du bist sehr schön, sagt er, du bist eine schöne alte Dame, ich war mir sicher, dass du das sein würdest.

Sie hält seinem Blick nicht stand. Sie fühlt sich fiebrig. Er sieht auch noch gut aus.

Also, machen wir diese Flasche auf.

Sie sagt ihm, wo in der Küche die Gläser zu finden sind. Er öffnet die Flasche, sie stoßen an.

Gagimardschos!

Sie ist kurzatmig. Sieht er es?

Es ist zwei Uhr morgens, sagt sie.

Er zieht die Augenbrauen hoch.

Du färbst dir auch die Augenbrauen.

Diesmal lachen sie.

Also, erzähl, sagt er.

Was erzählen?

Ich weiß nicht.

Er füllt ihre Gläser erneut.

Auf Georgien und auf dich, die Liebe meines Lebens, sagt er.

Sie spürt, wie sie rot wird.

Red keinen Unsinn.

Er geht um den Tisch herum und setzt sich auf den Stuhl neben sie. Er legt seine Hand auf ihre.

Sie denkt nur an seine Hand, die ihre festhält. An seine Handfläche auf ihrer Haut. Die Absurdität der Situation trifft sie wie ein Schlag.

Warum jetzt? Ich bin eine alte Frau.

Er antwortet nicht, umschließt ihre Finger mit seinen. Ihr Herz beginnt schneller zu schlagen.

Sie sitzen schweigend da, Hand in Hand.

Wir sollten schlafen gehen, sagt sie wieder.

Ja.

Er steht auf, ohne den Blick von ihr zu wenden. Er sieht aus, als würde er gleich einen Lachanfall bekommen.

Was ist so komisch?

Ich freue mich, dich zu sehen.

Er nimmt sie in die Arme, drückt sie an sich, hebt sie

hoch. Seine Lippen streifen ihre. Oder doch nicht. Sie bildet es sich ein.

Du bist verrückt.

Sie hält ihm seinen Mantel hin. Er zögert, dann zieht er ihn an. Im Moment, da sie sich trennen, ergreift sie seine Hand, drückt sie, legt sie an ihre Wange, ehe sie die Tür hinter ihm schließt.

Sie schaltet das Gerät wieder ein, legt sich ins Bett, knipst die Nachttischlampe aus. Ein stechender Schmerz zerreißt ihr die Brust. Er hat ihr eine Rippe gebrochen, das ist sicher, als er sie so fest drückte. Der Schmerz verschlägt ihr den Atem. Das Sauerstoffgerät hilft überhaupt nicht. Pascha springt aufs Bett, sie hält einen Schrei zurück. Er rollt sich zusammen. Sie rührt sich nicht mehr, der Schmerz scheint sich zu beruhigen. Pascha schnurrt. Sie kann die Hand nicht ausstrecken, um ihn zu streicheln. Die vertrauten Schatten erfüllen die Dunkelheit. Mit offenen Augen denkt sie an Tamas. Sie hat so oft an ihn gedacht, ihr ist, als hätten sie ihr Leben lang zusammengelebt. Das hat er ihr sagen wollen. Jetzt versteht sie es. Er ist gekommen. Er hat sie geliebt, er hat nie damit aufgehört. Sie denkt nicht mehr. Ihre Augen schließen sich. Sie atmet. Ihr Atem nimmt allen Raum ein.

David Gilmour

Die perfekte Ordnung der Dinge

Roman

Aus dem Englischen von Adelheid Zöfel

256 Seiten.Gebunden

Ein Mann will sein Leben ordnen. Endlich. Zurückkehren an Orte des Scheiterns, mit neuer Perspektive und einem guten Gefühl, noch einmal davongekommen zu sein. Aber womit anfangen? Mit etwas Altem oder etwas Neuem? Welches alte Gruselschloss zuerst aufsuchen? Ein Internat, das sein Leben veränderte, ein Riesenrad in der Nacht, Ort der ersten großen Liebesenttäuschung oder ein Landhaus mit schiefem Dach am Ende der Welt? Eine Reise durch die Erinnerung, um festzustellen: ganz schön Glück gehabt. Eine ungewöhnliche Gebrauchsanweisung für das Leben.

Sjón

Das Gleißen der Nacht

Roman

Aus dem Isländischen von Betty Wahl

288 Seiten. Gebunden

Island im frühen 17. Jahrhundert: Das Leben auf der Insel ist von bitterer Armut, Naturgewalten und der grausamen Willkür der dänischen Kolonialherren geprägt. Hinzu kommen blutige Zwischenfälle mit Seeräubern und baskischen Walfängern. Aber es ist auch das Zeitalter von Mystik, Aberglaube und Magie.

In dieser Zeit lebt Jónas »der Gelehrte«. Jónas Pálmason ist Runenkundler und Dichter, Naturwissenschaftler und Heilkundiger. Er versucht, sich auf seine Zeit einen Reim zu machen, Gottes Schöpfungswerk zu erklären oder zu widerlegen. Jónas ist seiner Zeit weit voraus, er ist besonders. Sein Anderssein verschafft ihm viele Neider, die ihm das Leben schwermachen und ihn von einem Abenteuer ins andere treiben. Aber am Ende findet Jónas seinen Frieden. Zu Hilfe kommt ihm, wer hätte es gedacht, ein Wal.

»Ein zauberhafter Roman.«

Björk

S. Fischer

fi 1-075132 / 2